Draconis

**Un Roman policier
de Christian Baciotti et Pierre Léoutre**

Ce roman est une fiction. Toute ressemblance avec des personnages et des organismes ayant existé ou existant actuellement serait purement fortuite.

Immensité, dit l'être, éternité, dit l'âme.

Victor Hugo

1

– Adjugé, vendu !

Le commissaire-priseur abattit son maillet sur le pupitre puis salua d'un signe de tête discret celui qui venait d'emporter l'enchère, l'un de ses plus fidèles clients, tenace, discret et surtout très riche.

Un simple coup de maillet, pour le début d'une histoire complexe et de plus en plus terrifiante ; mais le commissaire-priseur ne pouvait pas le savoir.

Dans cette vieille salle des ventes toulousaine régnait une atmosphère contradictoire, faite d'émotions anciennes intériorisées et de fébrilité apparente, en raison des enchères qui avaient commencé depuis le début de l'après-midi ; la même impression contrastée se dégageait de la foule des acheteurs.

Ceux présents aujourd'hui étaient finalement les mêmes qu'un siècle plus tôt, lorsqu'une famille de notables de Toulouse fit l'acquisition pour l'un de ses fils d'une charge de commissaire-priseur, qui n'avait, depuis, jamais quitté le giron familial.

Les acquéreurs présents ressemblaient aussi à ceux qui assistaient à des ventes à Paris, Londres, Genève ou New York : un mélange d'ostentation et de pudeur, une puérilité cossue, des regards malicieux ou anxieux, la même envie de jouer et de gagner, comme dans un casino. Les gens étaient élégants, sans que l'on sache s'ils étaient là pour eux ou pour un mystérieux et puissant commanditaire.

Droit derrière son pupitre, le commissaire-priseur jeta un coup d'œil presque affectueux à ses clients bien éduqués, puis tourna la page du catalogue de la vente du jour. La cession d'estampes japonaises d'un lieutenant-colonel de l'Armée française décédé depuis peu dans sa maison de maître du fin fond de la Haute-Garonne pyrénéenne avait donné les résultats escomptés.

La vente qui arrivait maintenant était tout aussi intéressante ; il s'agissait du mobilier et de divers objets d'art mis aux enchères par Madame Haubresse et ayant appartenu à son défunt mari, le mystérieux William Haubresse, très connu à Toulouse dans certains milieux financiers et politiques, même s'il était tout sauf un homme public.

Décédé le 6 juin 2006 dans un accident de voiture à l'âge de quarante-quatre ans alors qu'il revenait d'un voyage d'affaires à Paris, William Haubresse avait légué à son épouse une belle demeure ariégeoise luxueusement aménagée et décorée, ainsi que divers comptes bancaires aux montants particulièrement élevés. La veuve éplorée et injustement frappée par le destin avait décidé, quelques mois après l'enterrement de son mari, de quitter la région Midi-Pyrénées, d'autant plus que le couple n'avait pas eu le temps d'avoir des enfants et que la maison ariégeoise, vide de son propriétaire, était devenue bien triste à vivre.

Ayant opté pour la vie en Californie, madame veuve Haubresse avait dû se résoudre, non seulement à vendre la maison de l'Ariège, mais également la quasi-totalité de ce qu'elle contenait : meubles, bibelots, statues, vaisselle, tableaux, livres anciens, etc. Tout ce qui avait constitué l'univers matériel de son époux n'avait pas sa place dans le container qu'elle avait réservé pour son déménagement outre-Atlantique.

Le notaire familial l'avait aimablement mise en relation avec le commissaire-priseur toulousain, ce qui avait abouti à la programmation du « lot Haubresse », qui ne déparait pas la longue et prestigieuse litanie des enchères de cette salle.

Avant d'entamer la séance, le commissaire-priseur demanda à ses assistants de réaliser rapidement l'inventaire des pièces proposées, et en attendant cette formalité habituelle, scruta discrètement la salle. Fort d'une expérience trentenaire, il connaissait ou arrivait à situer la quasi-totalité des clients potentiels qui assistaient à ces cérémonies particulières.

La séance du jour était conforme aux habitudes de la maison ; le commissaire-priseur nota juste la présence de trois individus qui portaient le même genre de costume sombre à la coupe classique, et qui surtout avaient le même regard dur de concentration et un peu distant, comme s'ils ne vivaient pas véritablement l'euphorie que connaissent généralement les amateurs de ventes aux enchères. Il n'eut pas le temps de s'interroger davantage car l'un de ses assistants s'approcha et lui dit à voix basse :

– Maître, l'inventaire du lot Haubresse révèle une difficulté grave : l'une des pièces manque !

– Que voulez-vous dire ?

– Elle a disparu.

Contrarié par cet incident extraordinaire qui ne correspondait absolument pas à la réputation sérieuse de sa salle, le commissaire-priseur se rendit immédiatement derrière le rideau rouge, dans la pièce où se faisaient les préparatifs ultimes avant le rituel des ventes.

– Que se passe-t-il ? demanda-t-il.

– Mauvaise nouvelle : la pièce numéro dix-sept est absente du lot, je viens de m'en apercevoir, répondit un autre assistant.

– C'est impossible, voyons ! Cela n'est jamais arrivé dans ma salle des ventes.

– Pourtant, c'est le cas, Maître. Je suis vraiment désolé, j'ai cherché partout mais elle est introuvable.

– De quoi s'agit-il exactement ?

– Un petit tableau champêtre sans grande valeur, de trente centimètres de large sur vingt-cinq de haut ; voici sa description sur le catalogue.

Le commissaire-priseur suivit le conseil de son assistant et regarda l'image de cette peinture à l'huile : elle représentait un paysage anodin, un simple champ avec, disposé en triangle, un château très précisément représenté et, dans le ciel, un soleil au zénith. Le tableau n'était pas signé. L'œuvre était de bonne facture et dégageait un certain charme, voire une émotion indéfinissable lorsqu'on la contemplait attentivement ; c'est la raison pour laquelle elle avait dû plaire à William Haubresse, qui avait toujours préféré la vie champêtre au stress urbain. Cela étant, la valeur vénale de ce tableau était presque anecdotique, ce qui excluait a priori l'hypothèse d'un vol commandité par un amateur d'art rétif à une acquisition par le biais de la vente aux enchères.

Le commissaire-priseur était naturellement très embarrassé par cet événement imprévu et fort désagréable, mais il ne pouvait faire attendre les acquéreurs, sous peine de ternir la réputation de son établissement. Il prit rapidement la décision de revenir derrière son pupitre et entama la vente sans plus tarder ; il se contenta de préciser à la foule des acquéreurs :

— Mesdames, Messieurs, pour des raisons techniques, les enchères pour la pièce numéro dix-sept sont reportées. Nous allons passer directement, si vous le voulez bien, à la pièce numéro dix-huit, une magnifique...

Comme la fameuse toile numéro dix-sept n'était véritablement qu'une œuvre mineure, le commissaire-priseur ne s'inquiétait pas outre mesure d'une éventuelle réprobation de la salle ; il remarqua cependant que juste après qu'il eut annoncé cette modification du catalogue, les trois personnes, qu'il avait remarquées pour leur allure austère, eurent l'air particulièrement désappointées et quittèrent immédiatement les lieux.

Pris par l'ambiance de la vente, le commissaire-priseur n'y accorda aucune importance, se promettant de toute façon de vérifier ensuite qui étaient ces gens, et surtout de retrouver ce tableau mystérieusement disparu.

Une heure et demie plus tard, le lot Haubresse s'était dispersé en totalité chez ses nouveaux propriétaires, antiquaires, riches retraités, représentants de fonds de placements financiers, passionnés d'art. Ce lot était le dernier de la journée, qui s'était comme à l'accoutumée merveilleusement bien déroulée, comme il se doit entre gens de bonne compagnie.

Madame veuve Haubresse était maintenant plus riche de quelques centaines de milliers d'euros, moins le pourcentage qu'elle laisserait légitimement au commissaire-priseur qui avait été si efficace. Il ne restait qu'à régler cette malencontreuse anomalie qu'était la disparition de cette petite peinture à l'huile.

Lorsque la foule des acquéreurs eut quitté la salle, le commissaire-priseur prit son téléphone portable et appela l'expert qui avait préparé avec lui l'inventaire du lot Haubresse.

– allô, Mongin ? Ici Magnac.

– Comment allez-vous ?

– Bien, sauf qu'il manque l'une des pièces du Lot Haubresse, la numéro dix-sept. Vous pouvez vérifier sur le bordereau d'inventaire ?

L'expert posa son téléphone pour aller consulter la liste puis confirma rapidement la présence initiale de la toile manquante.

– Bon, dans ce cas, répondit le commissaire-priseur, je vous propose, si cela vous est possible, de me rejoindre immédiatement ici pour que nous nous rendions chez la veuve Haubresse avec ma voiture. Nous lui porterons son chèque et nous essaierons d'éclaircir avec elle le mystère de la disparition de ce tableau.

– J'espère qu'elle ne nous en tiendra pas rigueur, dit l'expert.

– Ce n'est pas une bonne nouvelle et cela ne fait pas très sérieux, c'est évident ! Mais globalement, ces enchères ont été un succès et j'espère que le montant de la somme que nous allons lui apporter lui fera relativiser l'importance de cet incompréhensible larcin d'une toile anodine. Allez, venez, je vous attends.

Moins d'un quart d'heure plus tard, Mongin avait rejoint Magnac et leur véhicule quittait Toulouse. Il fallait un peu plus d'une heure de route pour rejoindre la demeure des Haubresse en Ariège, ce qui laissa le temps aux deux hommes d'évoquer la programmation des prochaines ventes aux enchères ; mais ils évitèrent de parler du tableau disparu, comme si, d'un accord tacite, ils voulaient minorer cette contrariété.

Ils quittèrent enfin la route nationale qui reliait Toulouse aux Pyrénées puis traversèrent un minuscule et charmant village ariégeois ; à la sortie, ils tournèrent sur le chemin arboré qui longeait le cimetière puis menait à la maison de maître que William Haubresse avait choisie pour les vieux jours qu'il ne connaîtrait pas.

Là, ils furent immédiatement accueillis par la veuve, qu'ils avaient prévenue par téléphone de leur arrivée, et elle les conduisit aussitôt dans le bureau de feu son mari, la pièce la plus appropriée pour régler ces questions d'argent.

En entrant, le commissaire-priseur et l'expert eurent la même surprise : le tableau prétendument disparu était accroché à sa place, au mur droit, et semblait les narguer en les regardant de haut.

Tout simplement un oubli, pensa tout haut le commissaire-priseur, qui n'eut même pas envie de reprocher à l'expert d'avoir mal réalisé son inventaire. Il présenta ses excuses à madame veuve Haubresse, qui fut d'autant plus encline à être indulgente qu'il lui remit le chèque promis. Mais alors qu'il pensait avoir rationnellement réglé cette mésaventure, il entendit l'expert s'exclamer :

– Regardez, Maître ! Le tableau a été abîmé ! Quelqu'un a grossièrement effacé le château par des coups de pinceau de la couleur du champ de blé.

Maître Magnac s'approcha de la toile et ne put que constater à son tour ces dégâts surprenants ; l'affaire se compliquait. Cela étant, tout ceci ne semblait pas émouvoir particulièrement la veuve, qui était surtout satisfaite du montant inscrit sur le chèque et n'accordait avec raison qu'une importance très relative à ce tour de passe-passe pictural. Ce fut pourquoi elle accepta bien volontiers la proposition du commissaire-priseur de rapporter avec lui à Toulouse le tableau outragé.

Les deux hommes prirent congé rapidement, après avoir convenu entre eux de se revoir dès le lendemain matin pour établir un rapport circonstancié sur cet épisode énigmatique et d'en faire parvenir dans les heures suivantes une copie à Madame Haubresse, qui tenait malgré tout à obtenir une explication sur ce mystère.

La nuit était tombée. Ils retournèrent vers la voiture et le commissaire-priseur ouvrit le coffre pour y déposer délicatement la toile voyageuse ; au moment de refermer, il eut l'impression curieuse que le tableau éclairait d'une étrange lumière froide l'intérieur du coffre du véhicule. Il haussa les épaules, mettant cet artifice visuel sur le compte de la fatigue. L'incident était clos, et hormis le sinistre plaisantin qui s'était bêtement amusé à abîmer une œuvre d'art sans grande valeur, le commissaire-priseur pouvait considérer qu'il avait bien gagné sa journée. Il ne savait pas que c'était la dernière.

2

La sonnerie du téléphone retentit pour la millième fois de la journée dans le bureau de l'officier de permanence. Le policier décrocha :

— Commissariat de la rue du Rempart, j'écoute ?

— Allô, inspecteur ?

— Les inspecteurs, c'est fini madame. Ici le lieutenant Mirabeau, je vous écoute. Effectivement, hormis quelques dinosaures qui erraient encore dans les services, les inspecteurs de police avaient disparu au moment de la énième réforme des corps et des carrières, au profit d'une hiérarchie militarisée dans ses titres de lieutenant, capitaine et commandant.

— Excusez-moi, lieutenant. Voilà, je vous appelle car je suis très inquiète ; j'attends des nouvelles d'une personne, et je n'arrive pas à la joindre, c'est anormal.

Le lieutenant de police faillit lui dire que ce genre de mésaventure ne justifiait pas forcément de déranger les forces de l'ordre, mais il se retint et à toutes fins utiles, attrapa un stylo et une feuille de papier pour noter d'éventuels éléments intéressants.

— Veuillez préciser, Madame, qui êtes-vous, tout d'abord ?

— Eh bien, je suis Madame Haubresse ; j'habite près de Saint-Girons, et j'attends un appel de Maître Magnac, commissaire-priseur à Toulouse. Il s'agit de quelqu'un de très sérieux, qui devait impérativement

17

me téléphoner ce matin au sujet d'un problème important survenu hier dans une vente aux enchères. Il est reparti hier soir de chez moi en emportant l'un des tableaux que je lui avais confiés. Or, non seulement il ne m'a pas appelée comme promis, mais je n'arrive pas à le joindre à son bureau de la salle des ventes. C'est vraiment étonnant.

– Vous avez essayé à son domicile ou sur son portable ?

– Oui, bien sûr ; il s'agissait d'une vente très importante et il m'avait donné toutes ses coordonnées. Je suis vraiment inquiète, lieutenant. Et je veux absolument récupérer ce tableau !

Le policier, constatant qu'il ne s'agissait pas d'inquiétudes sentimentales comme cela arrivait fréquemment, et faisant confiance au ton posé et convaincant de son interlocutrice, décida de prendre en compte cet appel.

– Bien, donnez-moi l'adresse de la salle des ventes et du domicile du commissaire-priseur.

– La salle des ventes se trouve boulevard Carnot, et son appartement rue Croix-Baragnon, au 66.

– Merci ; laissez-moi vos coordonnées, j'envoie une équipe sur place et l'on vous tient au courant. Ne vous inquiétez pas, nous allons retrouver votre commissaire-priseur et votre toile de peinture.

Pensif, le lieutenant raccrocha ; la profession particulière du disparu retenait son attention car elle sortait de l'ordinaire ; les commissaires-priseurs sont d'habitude des gens fort discrets, comme il sied à un milieu où s'échangent à coût parfois exorbitant des objets de valeur entre gens bien élevés. Son flair de flic lui laissait déjà entrevoir une affaire valable, comme un vol d'objets précieux ou un assassinat de notable. Il fallait vite qu'il positionne son équipe, pour éviter que les spécialistes de la police judiciaire ne lui volent trop vite la vedette. Il reprit son téléphone et composa le numéro du poste de la salle de garde du commissariat :

– Allô, brigadier ? Vous avez du monde sous la main ?

Le lieutenant demanda au brigadier-chef Majoreil, figure truculente de l'équipe de la police en tenue du centre-ville, d'aller faire une vérification aux deux adresses qu'il lui indiqua. Il eut tout juste le temps de donner ses instructions que déjà le téléphone de permanence se remettait à sonner, apportant son flot de petits et grands malheurs du genre humain en milieu urbain.

Le brigadier-chef Majoreil jeta un œil attendri à la croupe ronde de la jeune adjointe de sécurité qui marchait devant lui d'un pas alerte pour rejoindre la salle des ventes. Il n'avait pas tellement envie de se déplacer pour effectuer cette vérification qui lui paraissait inutile, mais trente ans de bons et loyaux services dans la police lui avaient enlevé l'envie de discuter les ordres de ses supérieurs.

– Eh, jeune fille, dit-il à voix haute, doucement ! Nous avons le temps.

– Mais j'ai hâte de voir, répondit la fliquette. Je n'ai jamais assisté à une vente aux enchères, sauf à la télé et si on se presse, nous pourrons voir la fin de celle d'aujourd'hui. J'ai regardé le programme dans *La Dépêche du Midi*, ils sont en train de vendre des objets d'art africain, c'est très beau !

Le brigadier laissa échapper un borborygme, manifestant ainsi son peu d'enthousiasme pour cette forme d'esthétique – ce en quoi il avait tort. Il pensait surtout au moment où il allait pouvoir rentrer chez lui prendre un bon apéritif avec ses voisins, après s'être assuré que le commissaire-priseur n'était pas parti aux Bahamas avec le tableau réclamé avec insistance par la dame Haubresse.

– C'est bien la première fois que je pars à la recherche d'un commissaire, bougonna le brigadier. Cette pointe d'humour à connotation professionnelle fit éclater de rire l'adjointe de sécurité.

– C'est bien que cela te fasse rire, rajouta le brigadier, ça n'arrive pas souvent dans notre fichu métier.

– Oh, rétorqua la jeune femme, moi je trouve que c'est un boulot passionnant. Je ne regrette pas et j'espère bien réussir mon concours de gardien de la paix.

Effectivement, la façon altière dont elle portait son uniforme de police laissait supposer qu'elle était fière et heureuse de travailler dans la Grande Maison. Le brigadier-chef était davantage blasé, même s'il reconnaissait au fond de lui qu'il n'avait pas eu à se plaindre de sa carrière. Quelques années en région parisienne, à l'époque où les banlieues difficiles s'embrasaient moins brutalement, puis le retour à Toulouse où il avait obtenu ses promotions à l'ancienneté, faisant de lui le chef de l'équipe en tenue chargée de la sécurité du centre-ville.

Ils arrivèrent rapidement à la salle des ventes. Le brigadier permit à sa coéquipière d'aller jeter un coup d'œil aux enchères en cours, qui ne furent même pas perturbées par l'intrusion de la jeune femme en uniforme de police, car les acquéreurs potentiels étaient trop concentrés par la dispersion tarifée de superbes objets divers en métal et en bois sculptés. Pendant ce temps, Majoreil s'engagea dans l'escalier qui menait au secrétariat de la salle des ventes ; il frappa à une porte vitrée et entendit aussitôt une voix féminine crier :

– Entrez.

– Bonjour, Madame, dit le brigadier à ce qu'il identifia immédiatement comme étant la secrétaire. Je voudrais parler à Maître Magnac.

– Écoutez, il n'est pas là. D'ailleurs, cela m'inquiète beaucoup. Cela tombe bien que vous soyez là, je commençais à envisager de vous appeler.

– Cela lui arrive souvent de disparaître sans prévenir ?

– Mais non, justement. C'est quelqu'un de très rigoureux, presque maniaque dans son mode de vie, je ne comprends absolument pas. Et impossible de le joindre chez lui ou sur son portable.

– Vous avez vérifié son agenda ? Il avait peut-être des rendez-vous à l'extérieur ?

– Mais non, rien. Il devait animer la vente d'aujourd'hui. Heureusement, son associé est là. Mais vraiment, je ne comprends pas.

– Vous avez un double des clefs de son appartement ?

– Non, Monsieur le policier. Nos relations ne le justifient pas.

Le brigadier-chef se retint de faire la moue, car le physique avenant et le tailleur élégant de la secrétaire n'interdisaient pas ce genre d'hypothèses. Mais le policier n'en était pas encore à échafauder des analyses pouvant intégrer des suppositions qui allaient au-delà des apparences. Il conclut :

– Bien, merci pour votre accueil. Je vais aller faire un tour à son domicile. Bien entendu, si entre-temps vous avez de ses nouvelles, prévenez immédiatement le commissariat de la rue du Rempart Saint-Étienne.

– Je n'y manquerai pas, promit la charmante secrétaire.

Le brigadier-chef Majoreil repartit par où il était venu et récupéra son associée au rez-de-chaussée.

– J'espère que tu n'as rien acheté, tu y passerais ton salaire, lui dit-il. Ce ne sont pas des endroits pour nous.

– Non, non, ne t'inquiète pas. Mais c'était très chouette à voir, répondit la jeune fille. On sent que c'est vraiment important pour eux, ils se mettent la même pression que les joueurs dans les casinos. Tu es déjà allé à celui qui vient de s'ouvrir à Toulouse ?

– Moi, tu sais, ce n'est pas mon truc. Moi, c'est les matches de rugby, le vélo, la chasse, la pétanque... Tranquille, quoi !

L'hiver toulousain était particulièrement doux et presque printanier, incitant les deux policiers à marcher d'un pas paisible qui contrastait avec le motif potentiellement alarmant de leur déplacement.

Tout en devisant, ils parvinrent à la rue où demeurait le commissaire-priseur. Ils sonnèrent à l'interphone de son appartement, mais personne ne répondit et la porte cochère resta close. Par chance, l'immeuble bénéficiait encore d'une concierge et avec cette autorité naturelle qui faisait le charme du métier, même après trente ans de police, le brigadier-chef engagea la conversation en s'exprimant avec assurance dans l'interphone :

– Bonjour Madame, c'est la police. Est-ce bien ici qu'habite Monsieur Magnac ?

– Oui, oui. Rien de grave, j'espère ?

– Je ne pense pas, mais nous sommes là pour vérifier. Veuillez nous ouvrir.

La concierge jeta un coup d'œil par la fenêtre, pour s'assurer qu'elle avait bien affaire à des policiers, puis se hâta d'ouvrir la porte de l'immeuble, plutôt contente de ce petit événement qui meublait son après-midi paisible de gardienne d'habitation bourgeoise du centre-ville. Alors qu'ils montaient dans les étages, le brigadier-chef commença immédiatement à interroger la concierge :

– Vous le connaissez bien, ce monsieur Magnac ?

– Il habite ici depuis très longtemps. Mais c'est quelqu'un de très discret, surtout depuis son veuvage. Il ne fait que travailler, il a une salle de vente aux enchères à Toulouse.

– Oui, je sais. Vous n'avez rien remarqué de bizarre ces derniers jours ?

– Oh non, tout était comme d'habitude.

– Très bien. Vous avez pris les doubles des clefs de son appartement ?

– Oui, bien sûr. Oh, j'espère qu'il ne s'est rien passé de grave !

– Ne vous inquiétez pas, nous sommes là.

L'adjointe de sécurité ne put s'empêcher de sourire en coin en entendant l'affirmation paternaliste de son collègue, qui évoquait quotidiennement son heureux départ à la retraite mais prenait encore plaisir à jouer son rôle de policier, rassurant les populations honnêtes et craintives dans ce monde de brutes.

Arrivés devant la porte de l'appartement du troisième étage, qui était fermée et ne portait aucune trace d'effraction, ils sonnèrent à plusieurs reprises.

– Bon, dit le brigadier-chef, allez-y, ouvrez.

La concierge engagea la clef dans la serrure et la porte blindée s'ouvrit doucement. La situation semblait tout à fait calme, mais un réflexe professionnel poussa le policier à mettre la main sur son arme rangée dans son étui, et surtout à s'engager le premier dans les lieux. À sa suite s'engagèrent sa jeune collègue, puis la concierge qui ne voulait surtout pas perdre une miette d'un drame éventuel.

Ils ne furent pas déçus ; le couloir de l'entrée conduisait directement à un vaste salon richement meublé, au centre duquel se trouvait un magnifique canapé en cuir noir. Allongé sur le canapé, Maître Magnac semblait s'y reposer ; à ceci près qu'il était ligoté et bâillonné, et que ses poignets tranchés avaient abondamment laissé écouler son sang.

3

– allô, lieutenant ? C'est Majoreil. Il y a un gros problème !

– C'est-à-dire ?

– Le commissaire-priseur ! Saigné comme un cochon.

Le lieutenant n'en souhaitait pas tant, d'abord parce que le décès prématuré d'un des concitoyens du centre-ville de Toulouse, dont il avait la responsabilité, ne pouvait le réjouir ; ensuite, parce que cet assassinat barbare signifiait des complications et des rapports à n'en plus finir.

– OK, brigadier, ne touchez à rien évidemment, et faites les premières constatations. De mon côté, je préviens l'identité judiciaire.

L'officier de police mit fin à la conversation pour appeler immédiatement le PC du central, l'hôtel de police du boulevard de l'Embouchure, et demander qu'une équipe de l'identité judiciaire se déplaçât aussitôt au domicile de la victime. La machine était en route ; il venait tout juste de la lancer que déjà son téléphone retentissait à nouveau : une plaignante qui s'inquiétait car la blanchisserie où elle avait déposé son tailleur sale était fermée depuis plus de deux semaines.

Vérifications faites, le blanchisseur était tout simplement parti en vacances à Gruissan, station balnéaire familiale et sympathique de la Méditerranée. Le quotidien du commissariat du centre de Toulouse alternait ainsi entre petits malheurs et vrais problèmes, comme le meurtre du commissaire-priseur.

C'est ce qui fait la grandeur et l'intérêt de notre métier, se dit le lieutenant avec philosophie.

Pendant ce temps, la voiture banalisée de l'identité judiciaire se garait place Saint-Étienne. Évelyne Duraille, commandant de police, abaissa le pare-soleil muni d'une plaque « POLICE », afin d'éviter que ses collègues en tenue, ou pire, ceux de la police municipale, ne décorent le pare-brise d'une contravention. Puis, accompagnée du gardien de la paix Benjamin Layssac qui portait le matériel nécessaire aux premières investigations de la police scientifique, elle s'approcha de la porte cochère et sonna à l'interphone.

– Majoreil ? C'est Duraille, de l'IJ ! Ouvrez-moi la porte, merci. Quel étage ?

– Troisième, mon commandant.

Duraille et Layssac s'engagèrent dans l'escalier et rejoignirent leurs collègues dans l'appartement où avait été faite la macabre découverte.

– Salut, brigadier. Où est le cadavre ?

– Là, dans le salon. Ce n'est pas beau à voir, il y a du sang partout, il s'est complètement vidé. Le commandant jeta un coup d'œil sur les entailles du poignet et précisa :

– Vu la façon dont ils ont été coupés, ça n'a pas dû prendre beaucoup de temps. La mort est récente.

– Vous pensez que cela peut être un suicide, bien qu'il soit ligoté et bâillonné ? demanda la concierge, qui ne ratait aucun feuilleton policier à la télévision.

– Non Madame, répondit le commandant. Il ne faut pas exagérer. Ce n'est pas un magicien dans un cirque, c'est un commissaire-priseur. Nous sommes bien en présence d'un meurtre. Ou d'un assassinat s'il y a eu préméditation. C'est ce que nous dira l'enquête. Pour l'instant, on va faire notre boulot.

Le commandant Duraille et son assistant se mirent immédiatement à tout photographier et à chercher d'éventuelles empreintes. Pendant ce temps, Majoreil continuait à interroger la concierge sur les us et coutumes du regretté commissaire-priseur, sous le regard attentif de sa jeune collègue adjointe de sécurité, qui pensait déjà à son rapport de stage. Avec une telle affaire, elle était certaine de réussir son concours de gardien de la paix !

– Bon, Madame, dit le brigadier-chef, vu les circonstances, vous comprenez que le moindre indice a son importance. Dites-moi tout ce que vous savez.

– Euh...

– Faites un effort ! Il y a un mort, tout de même.

– Mais c'est-à-dire que je n'ai rien à dire. Monsieur Magnac est quelqu'un…

– « Était » quelqu'un, crut bon de préciser l'adjointe de sécurité.

– Oui, pardon ! Monsieur Magnac, c'était un homme très calme, pas très chaleureux mais gentil, généreux pour mes étrennes ; il recevait rarement de visites. Une vie très rangée depuis la mort de sa pauvre épouse. Vraiment, je ne comprends pas.

– Rien, rien de rien ? insista le brigadier-chef.

– Non, je vous le promets, insista la concierge.

– Pas de changements dans ses habitudes récemment ?

– Non, je vous le jure !

Majoreil réprima un soupir de lassitude, puis se reprit en se disant qu'après tout, ce n'était pas lui qui allait se casser la tête à résoudre l'énigme. Il se contentait des premières constatations et déclarations, qui allaient alimenter la chronique du commissariat pendant quelques jours et faire l'objet de quelques articles interrogateurs dans *La Dépêche du Midi*. Puis les conversations et les esprits seraient captés par d'autres sujets, comme le rugby, autrement plus importants que le décès violent d'un commissaire-priseur toulousain.

Celui-ci était certes très honorablement connu, c'était l'un des notables de la ville rose, ces anciennes dynasties discrètes qui tenaient et faisaient Toulouse. Pour autant, Maître Magnac n'était pas un homme en vue, hormis son public de la salle des ventes, et sa disparition brutale et prématurée ne ferait pas augmenter la vente des journaux locaux.

Bref, une fois passé le choc de la découverte du corps saigné, Majoreil retrouvait sa sérénité face à ce qui deviendrait un dossier de plus dans les archives de la police.

— Bien Madame, conclut le brigadier-chef, on en reste là pour aujourd'hui. De toute façon, vous serez convoquée pour une audition par les officiers qui mèneront l'enquête. En attendant, vous ne quittez pas la ville et vous n'en parlez pas à tout le monde.

À vrai dire, sur le second point, Majoreil ne se faisait guère d'illusions ; dès que la nouvelle serait connue, les journalistes et les badauds curieux seraient devant l'immeuble du crime, transformant la concierge en vedette. Cette dernière était d'ailleurs déjà en train de s'imaginer faire des déclarations conformes à celles qu'elle avait déjà vues dans les écrans télévisés, et ne prit même pas le soin de répondre à l'injonction policière de discrétion.

Alors que ses collègues venaient tout juste de terminer leurs recherches de traces éventuelles, le téléphone portable de Majoreil se mit à sonner ; c'était le lieutenant du commissariat de la rue du Rempart Saint-Étienne, qui demanda :

– Vous en êtes où ?

– C'est terminé, mon lieutenant. On va maintenant faire transférer le corps du commissaire-priseur à la morgue.

– Bon, très bien. J'ai prévenu le patron et le procureur de la République, et j'ai rappelé Madame Haubresse, qui m'a raconté sa journée d'hier ; Maître Magnac est venu la voir hier à Saint-Girons après une vente aux enchères, et il était accompagné d'un expert, Monsieur Lucien Mongin, 29 rue Sainte-Ursule, que je n'arrive pas à joindre au téléphone. Vous vous y rendez dès que possible. Mais le commissaire vous demande de faire avant une perquisition et d'essayer de retrouver ce satané tableau avant que la brigade criminelle ne s'empare de l'enquête.

– D'accord, mon lieutenant.

Malgré cette bonne volonté verbale, le brigadier-chef Majoreil était plutôt contrarié par ces instructions, qui éloignaient désagréablement la perspective de l'apéritif du soir.

Décidément, pensa-t-il, les commissaires, qu'ils soient priseurs ou pas, me donneront toujours du travail !

Cependant, il garda pour lui cette réflexion ; il n'avait plus grand-chose à attendre de sa carrière, mais il préférait éviter que l'on puisse lui attribuer des propos subversifs qui auraient fini par arriver aux oreilles de l'un des patrons de la police urbaine toulousaine. Pendant que le commandant Duraille réglait au téléphone le transfert du cadavre en un lieu réfrigéré, Majoreil et sa jeune assistante commençaient à fouiller l'appartement du défunt.

— On cherche quoi exactement, à part le tableau ? demanda la policière.

— Des preuves, des indices, des explications. Des courriers, des documents, des agendas, de l'argent liquide, un coffre-fort, que sais-je encore ? Le but, c'est de comprendre pourquoi ce type s'est fait trucider. Comme cela, on envoie le dossier bouclé aux stars de la police judiciaire. Et toc !

— Ah oui, la fameuse concurrence entre les services de police, entre la police et la gendarmerie.

— Je sais que c'est parfaitement inutile pour l'efficacité des enquêtes policières, mais cela permet aux patrons de diviser pour régner ! Et tu sais, diriger la police, c'est compliqué, et la faire encore plus.

L'appartement de Maître Magnac n'était pas immense, et les deux policiers en eurent vite fait le tour. Comme l'avait indiqué la concierge, tout laissait indiquer une vie paisible, concentrée sur le travail ; le bureau du commissaire-priseur était impeccablement rangé, tout comme était tenu son agenda à la belle couverture en cuir.

La perquisition n'avait pas permis l'apparition du moindre indice à se mettre sous la dent, ni même de retrouver le tableau de Madame Haubresse.

– Chou blanc, dit le brigadier-chef pour résumer la demi-heure qu'ils venaient de passer.

– Alors, on va chez l'expert maintenant ? demanda sa collègue.

– Eh bien oui, faut tout faire nous-mêmes, répondit Majoreil. À cette heure-ci, le lieutenant a dû envoyer les autres collègues surveiller la sortie des écoles.

Après avoir salué leurs homologues de l'identité judiciaire, qui s'occupaient de fermer l'appartement et de placer les scellés, les deux policiers partirent à pied vers la rue Sainte-Ursule. Le temps était toujours aussi agréable et doux. Tout en marchant en silence dans les rues toulousaines, ils pensaient tous deux à la même hypothèse : le risque de trouver l'expert comme ils avaient découvert maître Magnac, ligoté et vidé de son sang.

L'immeuble de Monsieur Lucien Mongin ressemblait à celui du commissaire-priseur, sauf qu'il ne bénéficiait pas d'une concierge ; heureusement, l'une des occupantes de l'immeuble sortait au moment où les policiers arrivaient ; la boîte aux lettres leur indiqua le bon étage, où ils trouvèrent la porte de l'appartement close.

– Bon, dit le brigadier-chef, j'appelle un serrurier.

Comme ils étaient au centre-ville, un spécialiste arriva très rapidement et leur ouvrit facilement la porte du domicile de Monsieur Mongin. L'intérieur avait lui aussi un air de famille avec celui de Maître Magnac.

À croire qu'ils ont acheté leurs meubles au cours de la même vente aux enchères, pensa Majoreil.

Comme ils le craignaient, le scénario fut identique : les policiers découvrirent le cadavre ligoté, qui gisait dans le salon au milieu de son sang.

– Deux dans la journée, ça fait beaucoup, bougonna le brigadier-chef qui décida d'en référer immédiatement à sa hiérarchie, c'est-à-dire de téléphoner au lieutenant pour partager avec lui la nouvelle. Le lieutenant resta silencieux quelques secondes et demanda si l'expert portait ses vêtements.

– Oui, répondit Majoreil, il est comme le commissaire-priseur.

– A priori, ce n'est donc pas une affaire sexuelle, répondit l'officier. On dirait plutôt une mise en scène rituelle, c'est vraiment curieux.

– Un truc comme une secte ?

– Oui, je pense à quelque chose dans ce genre. Cherchez bien s'il n'y a pas dans l'appartement des papiers ou des livres de ce style. Et essayez de me retrouver ce satané tableau !

– D'accord, mon lieutenant.

Commencer une journée de travail en songeant à l'apéritif du soir et la terminer en cherchant les traces d'une secte, ce n'était vraiment pas de chance. L'adjointe de sécurité était davantage émoustillée par la situation même si, étant un peu superstitieuse, elle s'attendait à voir surgir un bouc ensanglanté au détour d'un couloir de l'appartement.

Majoreil était beaucoup plus blasé et ne croyait ni en Dieu ni au Diable ; il se contentait de se méfier des histoires tordues qui souvent mettaient en cause des mouvements sectaires, dont les adeptes relevaient, selon lui, du traitement psychiatrique.

– Bon, jeune fille, dit le brigadier-chef, même topo que tout à l'heure, on cherche un tableau et des indices, y compris dans les bouquins de la bibliothèque. Avec une attention particulière pour les machins ésotériques, s'il y en a ici.

4

L'élégante et paisible place Saint-Étienne n'avait pas vu autant de monde depuis le casse à la voiture bélier d'une bijouterie de luxe de la rue Croix-Baragnon : les télévisions avec TLT et FR3, la presse écrite régionale et nationale, et les badauds intrigués par cette affaire de double crime rituel qui détonnait dans le quotidien des affaires judiciaires toulousaines.

Certes, la ville rose avait connu, comme partout ailleurs, des scandales retentissants montés en épingle par les médias ; mais l'assassinat simultané et ritualisé de Magnac et Mongin avait une saveur particulière qui n'échappait à personne.

Le groupe des journalistes, facilement reconnaissable dans la foule grâce à leurs outils professionnels, était naturellement le mieux placé, à proximité immédiate du porche de l'immeuble du commissaire-priseur.

Une jolie brune de *La Dépêche du Midi* interpella l'un de ses confrères, qui portait sa caméra à l'épaule :

– Tu sais ce qui est prévu ?

– Oui, une déclaration à quinze heures du procureur de la République et du commissaire divisionnaire du SRPJ.

– Ils vont nous enfumer, comme d'habitude, affirma la jeune femme. Ils ne peuvent rien savoir, l'enquête vient de démarrer et d'après mes contacts à la PJ, ils n'ont pas le moindre début de piste.

– Je m'en fiche de l'enquête, moi je filme trente secondes pour le journal du soir et demain plus personne ne pensera au meurtre de deux notables toulousains, rétorqua le cameraman.

– Moi, par contre, je vais suivre l'enquête et je vais devoir pondre des articles là-dessus, j'ai intérêt à avoir du grain à moudre.

– Grandeur et servitudes de la presse écrite, se moqua gentiment le journaliste audiovisuel. Tu devrais travailler comme moi et te reconvertir dans la télé, c'est l'avenir !

La journaliste de *La Dépêche* n'eut pas le temps de réagir à cette pique car un brouhaha salua l'ouverture de la porte cochère, pour laisser apparaître les deux responsables annoncés, à savoir le procureur et le patron de la police judiciaire toulousaine. Comme prévu, ils tinrent un discours digne et convenu, comme il se doit en de telles circonstances, à la fois pour rassurer la population de la ville qui commençait à délirer sur les prochaines victimes d'un tueur en série, et aussi pour prévenir les coupables que la traque avait commencé.

Le procureur fixa le cadre juridique de l'enquête et donna quelques précisions issues des premières constatations policières et du rapport d'autopsie. Le chef du SRPJ rendit hommage à la promptitude et au sérieux de ses collègues de police urbaine du commissariat de la rue du Rempart Saint-Étienne, mais affirma haut et fort que l'enquête était désormais aux mains des spécialistes de la brigade criminelle.

Effectivement, au même moment, des officiers et des gardiens de la paix de la police judiciaire étaient en train de passer au peigne fin les appartements des victimes et de tenter de reconstituer leurs emplois du temps ; tâche difficile, et le patron du SRPJ savait déjà que ses policiers n'avaient pas trouvé grand-chose jusqu'à présent.

– L'enquête s'annonce longue et difficile, conclut le commissaire divisionnaire, qui adorait cette formule entrée dans l'imaginaire collectif.

Mais ce qui était pour lui une boutade convenue dite avec le plus grand sérieux allait se révéler encore plus vrai qu'il n'aurait pu l'imaginer.

Comme le procureur et le policier n'avaient effectivement pas grand-chose de concret à livrer à la légitime curiosité médiatique, leurs déclarations furent brèves, au grand désespoir de la jolie brune de *La Dépêche*.

Le magistrat monta dans sa voiture de fonction et regagna le tribunal, tandis que le patron de la PJ rentra dans l'immeuble du premier crime après avoir fait disposer quelques gardiens de la paix devant la porte cochère pour éviter des intrusions journalistiques plus pointues qui auraient entraîné la publication de photographies malvenues. Le commissaire divisionnaire grimpa les trois étages au pas de charge, puis entra dans l'appartement de Maître Magnac, où s'affairait son équipe d'élite. Il aperçut le commandant Delsol, qui était chargé de l'enquête.

— Alors, demanda le commissaire, vous avez trouvé quelque chose ?

— Rien pour l'instant, patron. Pas le moindre indice dans cet appartement. Nous essayons de reconstituer le parcours de la victime à l'aide de son agenda. J'ai aussi envoyé Ledru à la salle des ventes, pour qu'il fouille dans son ordinateur.

— Bon, tant pis. Continuez à chercher. Je vais rentrer au central. Lorsque vous y arriverez à votre tour, vous me ferez une première synthèse, que je puisse alimenter qui de droit. Ce n'est pas l'affaire du siècle, mais cela sort de l'ordinaire et il vaut mieux fermer les portes le mieux et le plus vite possible.

— D'accord, patron.

Le commissaire divisionnaire tourna les talons pour prendre le chemin du commissariat central, puis se ravisa et ajouta :

— Vous avez fait faire des recherches d'archives ? A-t-on des dossiers criminels avec ce mode opératoire ?

— De mémoire, non, répondit le commandant. Mais j'ai déjà demandé à Laurence de regarder dans les fichiers du SRPJ.

– Faites des recherches nationales auprès de la direction centrale de la PJ et des archives de la gendarmerie, demanda le commissaire. Interrogez aussi les RG, ils possèdent un fonds documentaire sur les sectes.

– Pas de problème, patron.

Le chef du SRPJ toulousain ne voyait pas ce qu'il pouvait faire de plus dans l'immédiat et se dirigea vers la porte de l'appartement. Au moment où il voulut sortir, il aperçut dans l'embrasure un homme d'une quarantaine d'années, qu'il ne connaissait pas.

Surpris qu'il ait pu arriver jusque-là malgré ses instructions, il le toisa et lui demanda avec un ton autoritaire :

– Vous êtes qui, vous ?

L'inconnu le dévisagea sans paraître le moins du monde impressionné, ce qui agaça le commissaire divisionnaire ; d'emblée, il trouvait ce type un peu trop sûr de lui. Il insista :

– Alors, qui êtes-vous ?

– Le spécialiste, répondit le nouveau venu.

5

En entendant cette réponse lapidaire, même si elle fut prononcée poliment, le commissaire divisionnaire fronça les sourcils puis demanda :

– Le spécialiste ? C'est-à-dire ?

– Le spécialiste des affaires, disons... parallèles, répondit son interlocuteur en montrant sa carte professionnelle. Je me présente : capitaine André Ormus, de la DST. Avisée de l'affaire, ma direction m'a demandé d'intervenir.

– La DST ? Le patron du SRPJ était sincèrement surpris.

– Mais il n'y a aucun espion ou terroriste dans ce dossier ! J'ai sur les bras un double meurtre crapuleux à connotation sectaire, très certainement pour dérober un tableau qui doit avoir une valeur importante pour un gourou quelconque. En quoi ce genre de choses peut-il intéresser un service comme la DST ?

– Nous ratissons large, Monsieur le commissaire divisionnaire.

– Vous n'allez tout de même pas me faire à moi le coup du secret défense et vous contenter de réponses mystérieuses ! Soyez plus précis, capitaine. Et je vous rappelle que mon service a été saisi d'une commission rogatoire par le procureur de la République. Alors, attention où vous mettez les pieds, et ne venez pas perturber mes enquêteurs avec des investigations parallèles.

– Sincèrement, je n'ai pas davantage d'éléments concrets à vous communiquer pour le moment. Mon rôle consiste effectivement à mener des « investigations parallèles », comme vous dites, en liaison avec votre équipe d'enquêteurs.

– Je vais vérifier auprès de votre hiérarchie.

Le commissaire divisionnaire prit son téléphone portable et appela le directeur toulousain de la DST, qui confirma de façon tout aussi elliptique les propos du capitaine Ormus.

Le patron du SRPJ en prit acte, invita le flic de la DST à se rapprocher de son collègue en charge de l'enquête, le commandant Delsol ; il ajouta, avec une pointe d'ironie dans la voix :

– Bien entendu, je compte sur vous pour nous communiquer immédiatement et de façon franche et totale tous les éléments que vous pourrez recueillir, utiles à notre enquête judiciaire.

Le commissaire divisionnaire insista sur le mot « judiciaire », pour bien montrer qu'il persistait dans sa méfiance des enquêtes tordues et obscures attribuées, à tort et souvent à raison, aux services secrets du ministère de l'Intérieur.

– N'ayez aucune inquiétude à ce sujet, promit le capitaine Ormus.

Le directeur du SRPJ haussa les épaules sans même répondre, manifestant ainsi son scepticisme, puis salua l'homme de l'ombre et sortit de l'appartement de Maître Magnac pour rejoindre son bureau du commissariat central. Il n'avait pas que cela en tête, d'autres affaires en cours tout aussi sulfureuses que ce double meurtre l'attendaient.

Le premier contact entre Ormus et Delsol fut plus décontracté mais encore plus bref ; Delsol n'avait vraiment aucun élément concret pour démarrer son enquête et Ormus ne donna pas plus de précisions à son collègue officier sur les raisons de son intervention dans ce dossier. Ils échangèrent leurs numéros de téléphone portable, promettant de se tenir au courant de l'évolution de leurs investigations.

Ormus jeta un dernier coup d'œil sur l'appartement du défunt, comme pour s'imprégner de l'ambiance puis il sortit de l'immeuble avec l'intention de se rendre immédiatement à la salle des ventes. Son intuition lui disait en effet qu'il trouverait là davantage d'indices.

Les grands miroirs du hall de l'immeuble lui renvoyèrent fugitivement son image de flic de la DST : la quarantaine, cheveux courts, tenue vestimentaire classique et décontractée, en somme rien qui attirait l'attention ou faisait penser à un policier classique et moins encore à l'un des superhéros des services secrets. Un homme ordinaire pour des enquêtes extraordinaires. Ormus n'avait pas menti au commissaire divisionnaire de la PJ en se présentant comme le spécialiste des affaires ésotériques et étranges, même si son activité professionnelle intense ne se réduisait pas à ce chapitre des investigations policières. Son ouverture d'esprit et son goût de la recherche l'avaient fait remarquer par sa hiérarchie, qui l'avait orienté dans ce domaine d'enquêtes quand l'occasion s'en présentait. Et là, c'était visiblement le cas.

Avec le chantier du métro, les rues de la ville étaient en perpétuels travaux. Marchant d'un pas rapide, Ormus ne mit pas longtemps à rejoindre les bureaux de Maître Magnac, où s'activaient déjà d'autres de ses collègues de la police judiciaire ; mais leurs recherches ne semblaient pas donner davantage de résultats : le tableau disparu restait introuvable et aucune explication rationnelle ne permettait de comprendre ce double assassinat. Ormus s'approcha du brigadier Ledru, envoyé par le commandant Delsol pour vérifier l'ordinateur de la victime.

– Salut, je suis de la DST, je travaille aussi sur cette affaire. Tu as trouvé quelque chose dans la bécane du commissaire-priseur ?

– Bonjour ! Non, rien d'intéressant. J'ai fait une sauvegarde des fichiers sur ma clef USB, pour regarder cela à tête reposée, mais tout semble absolument normal. Un bosseur qui notait méticuleusement ses contacts professionnels, ses clients, ses produits mis en vente. Rien non plus du côté de la vie privée. Ça ne va pas être simple.

Ormus acquiesça puis s'approcha de la salle où ses collègues, à l'aide de leurs ordinateurs portables, faisaient les premières auditions des employés de la salle des ventes. Il remarqua une jeune femme élégante, à la longue chevelure brune, qui attendait son tour pour être interrogée par les policiers de la PJ. Il s'en approcha et se présenta :

– Bonjour, Madame...

– Mademoiselle !

– Mademoiselle, pardon. Je suis le capitaine Ormus, de la DST. Pourrais-je m'entretenir avec vous en aparté ?

– Mais bien sûr, capitaine. C'est en rapport avec le drame ?

– Naturellement.

La jeune femme et le policier s'isolèrent dans un bureau. André Ormus ne la fit attendre et lui demanda :

– Vous connaissez la DST ?

– Euh, j'en ai entendu parler, comme tout le monde. Je me demande d'ailleurs ce que vous faites ici. Mais vous allez certainement me l'expliquer.

– C'est évident. Mais pouvez-vous me dire qui vous êtes ?

– Oui, je m'appelle Cécile Solomiac. Je suis commissaire-priseur stagiaire depuis trois mois dans cette salle des ventes, et j'assistais maître Magnac à tous les stades de son activité professionnelle. Cette disparition sordide est une véritable catastrophe.

– Pourquoi ? Je veux dire, pour quelles raisons, hormis bien entendu ce décès prématuré et terrible ?

– Cette salle des ventes ne se relèvera pas d'un tel scandale ! Les clients n'auront plus confiance, ils vont imaginer des tas de choses. Et une toile a disparu ! Comment voulez-vous qu'ensuite nous soient confiés des biens de valeur ?

– Je comprends. Mais parlons de cette toile, justement ; avait-elle quelque chose de particulier ?

– Non, pas vraiment, répondit la jeune femme. Un tableau de la fin du XVIIIe siècle, une petite toile de trente centimètres de large sur vingt-cinq de haut, représentant un paysage anodin, un simple champ avec, sur le côté droit, un château très précisément représenté et, dans le ciel, un soleil au zénith. J'ai une photographie de ce tableau dans le catalogue, si vous voulez le voir.

– Très bonne idée.

Cécile Solomiac attrapa un document posé sur une étagère du bureau et l'ouvrit à la bonne page. André Ormus jeta un coup d'œil sur la reproduction qui, effectivement, ne laissait rien apparaître d'extraordinaire.

– Ce château existe ? demanda le policier de la DST.

– Oui, tout à fait. Il s'agit du château de Cabriannes, dans l'Aveyron. Toujours en bon état ; nous avions d'ailleurs contacté son propriétaire pour lui proposer d'acquérir cette toile et il s'était dit intéressé. Le jour de la vente, il avait même envoyé trois représentants, qui avaient quitté la salle dès que maître Magnac avait annoncé la disparition du tableau.

– Sans vouloir jouer au fin limier de la police judiciaire, est-ce que l'on ne peut pas imaginer que ces personnes aient tenté de récupérer cette peinture par tous les moyens ?

– Je n'en sais rien, c'est à vous de faire votre travail. Mais honnêtement, cette œuvre n'a pas une grande valeur vénale, il est difficile d'imaginer autant de violence pour un enjeu aussi mince.

– Le patron de la PJ envisage l'intervention d'une secte, qui pourrait accorder à cet objet une importance démesurée. Ce qui expliquerait également la mise en scène rituelle de l'assassinat de Magnac et Mongin.

– Je n'y connais rien en sectes, mon capitaine. Je suis plutôt un esprit rationnel, chargé d'expertiser des objets d'art et de les vendre au meilleur prix.

– Je comprends.

André Ormus scruta la photographie du château de Cabriannes reproduite dans le catalogue, comme pour essayer de deviner le mystère que pouvait receler ce paysage bucolique ; puis il demanda à Cécile Solomiac :

– Vous avez les coordonnées du propriétaire actuel du château ? Et celles des trois types qui sont venus assister à la vente aux enchères ?

– Lui, oui, eux, non, je ne les avais jamais vus et ils sont repartis comme ils étaient venus. Je vais vous chercher cela.

La jeune femme partit dans son bureau récupérer le renseignement promis, laissant le policier à ses réflexions. Le mobile du double crime paraissait clair mais démesuré ; quant à l'absence totale d'indices, elle invitait à tirer le premier fil qui se présentait, à savoir le château de Cabriannes.

Cécile réapparut dans la pièce et donna à André un papier sur lequel elle avait inscrit les coordonnées demandées. Le policier la remercia puis l'invita à répéter à ses collègues de la PJ tout ce qu'elle venait de lui dire.

– Ensuite, je reprendrai contact avec vous, dit-il.

– Pour quoi faire ? Je n'en sais pas plus, répondit-elle.

– Eh bien, je pense que vos compétences peuvent m'être utiles. Ma formation d'officier de renseignement est un peu légère en matière d'objets d'art.

– Mais il existe un service de police spécialisé en la matière, qui s'occupe des trafics internationaux ; ils sont d'ailleurs très efficaces.

– Oui, je sais ; mais il s'agit d'un service parisien, ils ne vont pas se déplacer à Toulouse pour un tableau sans valeur. Écoutez, je pense que j'aurai besoin de vous.

– De toute façon, je vais être disponible, la salle des ventes ne va pas fonctionner pendant un certain temps, dit la jeune femme.

– Parfait ! Voici mon téléphone, n'hésitez pas à me joindre en cas d'éléments nouveaux, conclut-il en lui donnant une carte de visite. À bientôt.

André raccompagna Cécile Solomiac dans la salle où les employés attendaient d'être auditionnés par la police judiciaire, puis se dirigea vers le parking souterrain où la DST cachait son parc automobile ; il avait en effet décidé de rendre visite en Ariège à Madame Haubresse, dont la qualité de veuve s'accordait fort bien à l'ambiance meurtrière de ce début d'enquête.

Elle aussi pourrait faire une coupable idéale, pensa le policier. Mais ce serait trop simple. Et surtout dérisoire pour une peinture sans la moindre valeur. À moins que... Décidément, la clef de l'énigme est certainement nichée derrière ces coups de pinceau.

Arrivé au parking, il choisit l'une des voitures banalisées et se fit reconnaître au contrôle avant de s'engager dans la rue, agréablement illuminée par le soleil toulousain. Deux morts, deux femmes témoin, la délicieuse Cécile Solomiac et Madame Haubresse. André Ormus commençait à avoir sous la main tous les éléments pour commencer une bonne mayonnaise.

6

André Ormus avait décidé d'annoncer sa visite en Ariège au dernier moment par un coup de téléphone ; il savait par le lieutenant du commissariat que Madame Haubresse était chez elle, mais sans vouloir la piéger par un effet de surprise, il ne souhaitait pas lui laisser le temps de dissimuler des indices éventuels. De toute façon, elle avait déjà largement eu le temps de faire le ménage en prévision de la prochaine et inévitable perquisition de la police judiciaire ; en admettant l'hypothèse préalable qu'elle avait quelque chose à cacher. André n'avait pas d'a priori sur une éventuelle implication de la veuve dans ce double meurtre, il était néanmoins persuadé qu'il allait trouver là quelque chose et pour cette raison il préférait être le premier à l'interroger.

À ce moment de la journée, la circulation routière était dégagée et le policier arriva en moins d'une heure dans le bourg ariégeois, après avoir traversé un paysage engourdi par l'hiver mais qui gardait pourtant le charme envoûtant du sud-ouest pyrénéen. Garé sur la place centrale du village, il prit son téléphone portable et prévint Madame Haubresse de son arrivée imminente, ce qui n'eut pas l'air de surprendre la jeune femme. Cette dernière lui expliqua comment parvenir jusqu'à son domicile et peu de temps après, il se trouva devant le portail de la maison de maître.

L'une des dernières visions de Magnac et Mongin, pensa Ormus.

La veuve l'attendait et déclencha l'ouverture électrique du portail ; le policier engagea son véhicule dans l'allée et se gara devant le perron de la maison.

– Bonjour capitaine, dit la femme qui se tenait sur les premières marches de l'escalier.

– Bonjour Madame, répondit Ormus. Je suis désolé de vous déranger en de si pénibles circonstances, mais les nécessités de l'enquête...

– Je comprends parfaitement, vous faites votre travail. Veuillez me suivre dans le salon, j'ai préparé un café et nous y serons bien pour discuter de cette pénible affaire.

Madame Haubresse était une fort jolie personne, une blonde élégante et charmante que son mari avait dû beaucoup aimer. Elle semblait réellement affectée par la mort de son époux ; sa beauté ne parvenait pas à dissimuler un tempérament énergique et une intelligence vive.

Ils prirent place, lui sur le canapé, elle sur un magnifique fauteuil en cuir. Naturellement, l'intérieur était cossu ; mais par quelques signes presque imperceptibles fleurait une ambiance de départ.

– J'espère que vous ne serez pas trop retardée dans votre installation aux États-Unis, dit Ormus.

– Je n'ai aucune idée de la durée que peut prendre cette enquête, répondit la veuve. De toute façon, je ne suis pas directement concernée, hormis les étranges allées et venues de ce petit tableau. Car figurez-vous que je viens de m'apercevoir qu'il est encore revenu ici ! Accroché au mur, exactement à sa place. C'est incompréhensible !

– Avez-vous une explication sur l'étrange tour de passe-passe qui a fait revenir à deux reprises cette peinture dans votre demeure ariégeoise ?

– Absolument aucune. Plus étonnant encore, le château qu'il représente a été recouvert à la hâte d'une couche de peinture de la couleur du champ de blé, comme si quelqu'un avait voulu l'occulter. Nous nous en sommes aperçus hier soir lorsque maître Magnac m'a rapporté le chèque correspondant au produit de la vente aux enchères.

– Et pourquoi cette profanation grossière et inutile ?

– Franchement, capitaine, je n'en ai pas la moindre idée, et j'avoue que ce serait le cadet de mes soucis, s'il n'y avait pas ce lien plausible avec l'horrible disparition de Maître Magnac et de son expert. Après la mort de mon regretté mari, j'ai dû régler de nombreuses difficultés, liées à la succession et à mon expatriation outre-Atlantique. Quant à vouloir le repeindre pour soustraire à la vue le château de Cabriannes, je n'en vois pas l'intérêt. C'est un mystère. Mais après tout, c'est votre métier de les résoudre, je compte sur vous.

– Bien évidemment. Cependant, pour résoudre cette énigme, il me faut le maximum d'éléments, même anodins, et seule vous êtes en mesure de me mettre sur la bonne piste. Réfléchissez bien.

– J'ai toujours vu ce tableau dans la maison de mon défunt époux, à la même place. William ne semblait d'ailleurs pas lui accorder une valeur particulière, autre que sentimentale. Il m'avait expliqué un jour qu'il s'agissait d'un château situé au lieu-dit Cabriannes, près de Millau, en Aveyron, plus précisément sur la commune du Rozier ; cette propriété n'avait jamais appartenu à sa famille, il trouvait simplement que cette toile simple et champêtre était attachante.

– Vous avez visité ce château aveyronnais ? Vous connaissez son propriétaire ?

– Non, non, absolument pas. Je sais simplement que maître Magnac l'avait contacté à l'occasion de la vente aux enchères, ce qui est logique. Mais comme je vous l'ai dit, pour moi cette toile n'avait aucune importance. Le mystère de ce tableau barbouillé restait entier. André but son café, en essayant de trouver une ouverture.

– Vous prendrez bien un Armagnac ? proposa Madame Haubresse.

– Volontiers.

Elle se leva puis lui servit dans un verre ballon une délicieuse *aygua* ardente que le policier apprécia en connaisseur. Cependant, il n'était pas venu pour une dégustation d'alcool fin et revint immédiatement à la charge :

— Madame, il est vraiment important que vous cherchiez dans vos souvenirs ce qui pourrait être un début d'explication à ce double meurtre ritualisé. Par exemple, savez-vous si votre mari faisait partie d'une secte ou d'un groupement quelconque lié à des recherches ésotériques, quelque chose dans ce genre, qui pourrait expliquer la façon étonnante dont Messieurs Magnac et Mongin ont été assassinés ?

— Oh non, mon époux était beaucoup trop occupé à régler ses affaires pour gaspiller du temps dans ce genre d'activités ! Il siégeait théoriquement au conseil d'administration de quelques associations caritatives à Paris et en Ariège, mais son rôle se bornait à faire des dons par chèques ; et ces associations n'avaient absolument rien à voir avec le type de milieu auquel vous faites allusion.

— Bon. Et le retour intrigant du tableau sur le mur de votre salon ? Quand cela s'est-il passé ?

— Eh bien, la première fois, dans la nuit qui précéda la vente aux enchères, apparemment. Je n'y avais même pas fait attention, je m'en suis aperçue avec stupéfaction lorsque maître Magnac est venu me voir pour m'annoncer la disparition. Je n'ai rien entendu et cette réinstallation s'est faite sans la moindre effraction.

– C'est-à-dire qu'en quelques heures, la toile a été barbouillée, puis rapportée ici de Toulouse et remise à sa place ? À votre insu ?

– Oui, tout à fait. Et à nouveau cette nuit, alors que maître Magnac était reparti avec elle hier soir.

– Par quelqu'un qui connaissait l'emplacement de ce tableau dans votre salon...

Cette remarque de bon sens eut l'air de surprendre Madame Haubresse, qui confirma d'une voix légèrement altérée :

– Oui, encore un mystère de plus.

La discussion devenait intéressante, pensa Ormus qui finit son Armagnac avant de reprendre ses questions.

– Madame, permettez-moi alors de vous demander qui, à votre avis, était susceptible de connaître la disposition des toiles dans votre maison ? C'est important.

– Peut-être se sont-ils repérés aux traces sur les murs ? Vous savez qu'avec le temps, cela est possible. Grâce à la dimension du tableau, ils ont pu le remettre exactement à sa place.

– Je ne crois pas vraiment à cette hypothèse. Mais vous ne m'avez pas répondu : qui, selon vous, a pu s'introduire dans votre domicile la nuit et organiser cette mise en scène qui va de pair, semble-t-il, avec les assassinats toulousains ? Des relations de votre mari ?

Du personnel que vous employez, et qui dispose des clefs de votre maison ? Un de vos amis ?

– Personne à part moi n'a les clefs de mon domicile.

– Alors, je ne comprends pas.

– Ils sont certainement entrés dans la maison tard le soir, avant que je ne ferme la porte. La maison est grande et je n'ai rien entendu, tout simplement. Ce soir-là, je regardais tranquillement un DVD, il est donc tout à fait possible d'imaginer ce scénario, même si cette explication ne nous donne pas la raison fondamentale du retour de ce tableau.

– Admettons. Mais repérer rapidement, le soir, l'emplacement de cette toile sans le connaître par avance me paraît une hypothèse vraiment peu crédible.

– C'est pourtant la seule qui jaillit de notre discussion, conclut la veuve Haubresse.

André Ormus fit la moue, confirmant son scepticisme. Afin de ne pas braquer son interlocutrice, il décida d'en rester là pour le moment et réorienta leur discussion :

– Pouvez-vous me montrer le titre de propriété de ce tableau ? Vous l'avez forcément, puisqu'il est obligatoire pour la salle des ventes.

Madame Haubresse fronça les sourcils, manifestant ainsi un début d'agacement devant cet interrogatoire policier courtois mais tenace et incisif.

Elle se leva sans dire un mot, sortit du salon puis revint quelques instants plus tard avec un dossier à la couverture noire ; elle regarda à l'intérieur et en extirpa un papier qu'elle tendit à André Ormus.

Il le regarda attentivement mais ne remarqua rien de particulier, le titre de propriété de la peinture semblait parfaitement normal ; mais en tendant le papier pour le rendre à la veuve, il aperçut en filigrane deux séries de trois lettres : « SDR CAB ».

Le policier mit la feuille à la hauteur de ses yeux pour bien la scruter, mais ne trouva rien d'autre que cette mention curieuse.

– Pouvez-vous m'expliquer le sens de ce code qui apparaît en transparence ? demanda-t-il.

Comme depuis le début de leur conversation, il s'attendait à une dénégation polie qui ne l'aiderait guère à avancer dans son enquête, aussi fut-il surpris de voir Madame Haubresse se mettre à blêmir, manifestant un trouble qui relevait plus d'une immense frayeur que d'une culpabilité découverte.

– Je... non, je ne sais rien, finit-elle par articuler.

Il n'était pas nécessaire de travailler à la police judiciaire pour comprendre que la question avait fait mouche. André insista :

– Madame, je crois qu'il est temps de faire un effort de mémoire.

Au lieu de lui répondre, elle le regarda avec des yeux hallucinés ; quelques gouttes de sueur étaient apparues sur son front, autre signe d'une terreur brusque qu'elle ne maîtrisait pas.

André se leva du canapé pour intercepter une éventuelle fuite soudaine de la veuve, mais resta silencieux pour la laisser se calmer. Cependant, elle paraissait toujours aussi nerveuse, ses mains tremblaient et elle semblait littéralement se décomposer devant lui.

Il décida alors de reprendre l'initiative :

– Madame, je ne sais pas ce qui vous arrive et ce qui vous fait autant peur. Mais je suis officier de police et vous devez me dire la vérité. Maintenant. Vous n'avez rien à craindre.

Elle répondit d'une voix blanche :

– Ils sont plus forts que la police.

Livide, elle se leva de son fauteuil, comme si elle manquait d'air pour respirer, puis se rassit brutalement. Son visage crispé laissait toujours voir une grande frayeur.

Quant à Ormus, il était satisfait, non pas de la situation car il ne prenait aucun plaisir à voir la femme ainsi terrorisée, mais du début de piste qui venait de faire son apparition.

Il fallait désormais qu'il pousse son avantage.

– Madame. Calmez-vous et expliquez-moi qui sont ces gens qui vous font si peur.

Le policier subodorait maintenant de façon quasi certaine la pression d'un groupe sectaire. Il s'agissait à présent d'obtenir des précisions, des noms, des adresses, de vérifier que cette secte n'avait pas de connexions relevant des centres d'intérêt de la DST, puis de transmettre les éléments à ses collègues de la police judiciaire.

Bref, contrairement à ce qu'avait prédit le directeur de la PJ toulousaine, l'enquête ne s'annonçait pas vraiment si longue et difficile, pensa avec satisfaction l'agent de la DST.

L'avenir allait lui prouver le contraire.

7

La situation allait se révéler beaucoup plus compliquée que ne le supposait André Ormus.

Sa formation d'agent secret lui permit de voir un quart de seconde à temps la lueur rouge du fusil à laser qui s'apprêtait à abréger prématurément l'existence de la veuve Haubresse ; André Ormus bondit et renversa la femme sur le plancher au moment où la balle du fusil traversa l'une des vitres de la fenêtre pour venir s'écraser dans le mur du salon.

L'heure n'étant visiblement plus à la discussion, le policier se releva rapidement et, tout en sortant son arme, se précipita à l'extérieur de la maison pour essayer d'arrêter le tireur.

Il ne se faisait guère d'illusions mais les réflexes professionnels étaient les plus forts. Comme il s'y attendait, il aperçut derrière les grilles de l'entrée du parc une silhouette sombre entrer précipitamment dans un véhicule de couleur noire qui démarra en trombe.

André Ormus rangea son revolver pour sortir son téléphone portable et appeler son service ; l'incident était clos mais à tout hasard il le signala et demanda que l'on prévînt la gendarmerie ariégeoise qui aurait peut-être la chance d'arrêter le véhicule du tueur.

Il rejoignit ensuite le salon où la veuve Haubresse s'était relevée et se tenait droite et immobile, tétanisée par l'incident.

– Ça va ? lui demanda simplement le policier.

– Je vous l'avais bien dit, ils sont terrifiants et prêts à tout.

– D'accord, d'accord, nous allons en parler tranquillement. Asseyez-vous et reprenez vos esprits.

La jeune femme suivit le conseil et s'installa sur le canapé, puis tendit la main vers un meuble bas :

– Soyez gentil de me servir un Gin et prenez, vous aussi, quelque chose. André Ormus ouvrit la porte du meuble et sortit deux verres ainsi que la bouteille de Gin et une d'un excellent whisky ; il servit les boissons puis s'installa dans un fauteuil en face du canapé.

– Reprenons notre discussion calmement, Madame Haubresse. Dites-moi tout ce que vous savez.

– Le drame, mon capitaine, c'est que je ne sais rien ou presque. Mon défunt mari était membre d'une organisation secrète. Ce tableau est lié à cet engagement et j'ai commis la maladresse de vouloir le vendre comme le reste des biens dont je souhaite me séparer avant mon départ pour les États-Unis.

– Ils vous ont contactée pour récupérer ce tableau ?

– Mais non, même pas. Franchement, je n'y avais pas fait attention et j'étais loin d'imaginer une réaction aussi violente. C'est lorsque ce tableau est mystérieusement réapparu ici que j'ai fait le lien avec cette organisation.

– Dites-m'en davantage sur cette organisation.

– J'en suis incapable. J'ai eu certes l'occasion de questionner William à ce sujet, mais il n'a jamais voulu me répondre, se contentant de me dire que cela ne pouvait pas concerner les femmes.

– Pardon ?

– Oui, il a été catégorique sur ce point.

– Et rien d'autre ?

– Non, je vous le promets, mon capitaine. Rien, absolument rien.

André Ormus termina son whisky tout en réfléchissant aux réponses qu'elle venait de lui faire ; elle semblait aussi sincère que terrorisée et le policier de la DST sentait bien qu'il n'en tirerait pas grand-chose. Il lui demanda :

– Avez-vous des documents sur cette organisation ?

– Rien du tout.

– Juste ce tableau et ce titre de propriété.

– Voilà.

`

André Ormus reprit le papier entre ses mains.

– SDR CAB... Le sens est assez évident pour le second sigle. « CAB » comme abréviation de Cabriannes, le château aveyronnais. Et « SDR », ce sont certainement les initiales de l'organisation, ce qui laisse supposer que votre mari appartenait à une secte. Que pensez-vous de cette hypothèse ?

– Inutile d'insister, mon capitaine. Je n'y mets pas de la mauvaise volonté, mais rien dans son comportement quotidien ne laissait apparaître ce type d'appartenance. Et comme je vous l'ai déjà dit, il n'avait jamais fait la moindre allusion à un lien quelconque entre ce tableau et l'organisation à laquelle il appartenait.

Le téléphone portable du capitaine se mit à sonner : c'était son service qui le rappelait pour prendre des nouvelles et lui dire que les recherches de la gendarmerie ariégeoise avaient été vaines, le véhicule du tireur n'avait pas été retrouvé ; il était vrai qu'il était facile d'éviter les barrages en empruntant les multiples petites routes du département pyrénéen.

André Ormus raccrocha puis reprit sa discussion avec la veuve :

– Faites un effort de mémoire et dites-moi comment vous avez découvert que votre époux avait adhéré à cette organisation ?

– Tout simplement lors de notre mariage ; nous avions organisé une grande réception, ici même, et parmi les invités il m'avait présenté un certain nombre de ses amis avec lesquels il semblait avoir des liens particuliers.

– De quel genre de personnes s'agissait-il ?

– Des gens normaux ! Enfin, d'un bon niveau socio-culturel, tout de même. Mais je n'avais aucune raison de me poser davantage de questions, d'autant plus qu'il avait été très ferme sur le sujet : cela ne me concernait en rien ! J'ai bien sûr imaginé plusieurs possibilités mais comme la vie de mon mari était surtout axée sur ses activités professionnelles et que je n'ai jamais rien remarqué d'exceptionnel ou de dérangeant, je ne me suis vraiment pas intéressée à cette question. Après tout, il avait bien le droit.

– Il n'y a jamais eu de réunion de cette secte dans votre maison ?

– Non ! Et pourquoi imaginer absolument une secte ? Cela pouvait être un réseau d'ordre professionnel, une amicale de bienfaisance, que sais-je encore ? Honnêtement, il n'y avait rien à remarquer au quotidien et je n'y penserais même plus s'il n'y avait eu ce dérapage à l'occasion de la vente aux enchères.

– Et la tentative d'assassinat d'aujourd'hui...

– Ce qui est tout de même terriblement inquiétant et j'ai très peur. En quelques jours, cela fait beaucoup de mystères et de menaces ! Vous devez me protéger.

– Bien sûr. Vous allez venir à Toulouse avec moi pour être entendue par la police judiciaire, puis nous verrons avec le juge d'instruction la mesure à prendre pour vous mettre à l'abri de cette organisation misogyne.

– Merci, capitaine. Je vais préparer mes affaires et je vous suis.

Madame Haubresse se leva et partit préparer sa valise.

Pendant ce temps, Ormus emballa soigneusement le tableau et le certificat de propriété dans une poche, tout en jetant un coup d'œil de temps en temps sur les grilles de l'entrée du parc : le policier de la DST était un homme courageux mais il n'avait pas vocation à se faire tirer dessus plus d'une fois par jour.

8

Juste après avoir déposé la veuve Haubresse et sa petite valise à l'hôtel de police de Toulouse, aux bons soins de ses collègues de la police judiciaire, André Ormus reçut sur son portable un appel téléphonique de Cécile Solomiac :

— Venez vite me rejoindre à la salle des ventes, demanda la jeune femme. J'ai trouvé quelque chose d'intéressant.

Ce rebondissement tombait à pic car le policier devait bien reconnaître que pour l'instant il n'avait pas grand-chose à se mettre sous la dent. Il gara son véhicule dans le parking de la DST puis rejoignit à pied les locaux de feu maître Magnac, qui avaient retrouvé leur calme après la perquisition de l'équipe de la PJ. Cécile l'attendait en haut de l'escalier et semblait fébrile.

— Que se passe-t-il ? lui demanda le policier en grimpant les marches quatre à quatre.

Cécile lui fit signe de se taire puis, d'un geste de la main, l'invita à la suivre dans son bureau. En passant devant elle, il remarqua une chaîne en or autour de son cou, à laquelle était accroché un petit bijou, juste au-dessus de sa jolie poitrine ; et ce bijou représentait une équerre et un compas. Sentant son regard, la jeune femme eut l'air gênée et le parut encore davantage lorsqu'il lui demanda :

– Vous portez un bijou curieux…

– C'est-à-dire ?

– Ces deux outils autour de votre cou ?

– Oui, c'est un cadeau qui m'a été offert.

– Ce n'est pas un présent anodin !

– Pourquoi dites-vous cela ?

– Parce que c'est un bijou maçonnique.

– Et alors ? Cela vous dérange ?

– Absolument pas. Je suis moi-même membre du Grand Orient de France. Devant cette petite révélation, Cécile Solomiac se mit à sourire et dit :

– Alors, nous allons pouvoir nous tutoyer ! Je suis une sœur de la Grande Loge Féminine de France.

– Ceci va permettre de nous rapprocher, affirma André Ormus.

– Oui, d'autant plus que je viens d'apprendre que le cabinet d'assurances de la salle des ventes me demande de mener ma propre enquête, à vos côtés – si tu n'y vois pas d'inconvénients –.

André Ormus aurait vraiment été un goujat ou un imbécile de faire grise mine devant une assistante aussi agréable, avec laquelle il venait en outre de se découvrir un engagement philosophique et humaniste commun. Il répondit alors :

– Tu sais, la DST est une grande maison et cela ne la gêne absolument pas d'avoir une commissaire-priseur stagiaire dans l'une de ses enquêtes. Cela étant, tu m'as promis tout à l'heure quelque chose d'intéressant.

– Oui, c'est vrai ! s'exclama la jeune femme. Viens voir.

Elle attrapa sur son bureau un listing informatique et le montra au policier en disant :

– Regarde, j'ai fait imprimer la liste des accès aux coffres de la salle des ventes, là où nous rangeons les objets de valeur. L'accès à ces offres est strictement réglementé par des badges personnalisés à lecture optique, ce qui permet exactement de savoir qui les ouvre, et à quel moment.

– Tu l'as dit à la police judiciaire ?

– Non, j'ai eu l'idée après leur départ. Mais étudie bien ce listing : une seule personne a ouvert le coffre la veille de la vente aux enchères.

– Maître Magnac ?

– Non ! Son associé, Maître Legrain.

André Ormus était tout à fait heureux de découvrir l'existence d'un second commissaire-priseur, hypothèse qu'il n'avait absolument pas envisagée. Il demanda à Cécile Solomiac :

– Tu lui as posé la question sur la raison de cette intrusion nocturne ?

– Bien sûr que non. D'abord, ce n'est pas mon rôle et je ne suis ici qu'une stagiaire de la salle des ventes qu'il dirige. Ensuite, je me suis dit que je risquais de lui mettre la puce à l'oreille et qu'il valait mieux t'en parler d'abord.

– Tu as eu parfaitement raison. Tu es digne de travailler pour la DST.

André Ormus regarda attentivement le listing, qui faisait apparaître que le badge N° 002 avait ouvert le coffre vers vingt-deux heures trente ; puis il plia le papier en quatre et le rangea soigneusement dans la poche intérieure de sa veste.

– Tu vas prévenir tes collègues de la police judiciaire ? demanda Cécile.

– Oui, bien sûr. Mais pas tout de suite. Il me faut davantage d'éléments, inutile de déclencher immédiatement la grosse artillerie. Parle-moi un peu de Maître Legrain.

– Oh, c'est le même genre que maître Magnac, mais encore plus effacé et discret. Il n'était que l'associé secondaire de la salle des ventes et ne faisait que remplacer maître Magnac à l'occasion de certaines ventes aux enchères secondaires. Son rôle consiste plutôt à inventorier et évaluer les pièces du catalogue. Je travaille d'ailleurs surtout avec lui. Rien à dire sur lui de plus, rien sur sa vie privée, sur son comportement, du moins depuis les trois mois que je suis en stage ici. Je n'ai rien remarqué de bizarre. Hormis cette traçabilité informatique.

– Il ne t'a jamais fait de confidences ? insista le policier. Il n'a jamais évoqué une organisation à laquelle il aurait pu appartenir, une secte ? Tu ne l'as jamais vu partir le soir assister à des réunions ?

– Non, je te promets, jamais la moindre allusion à ce genre de choses. Il était très austère, très rigoureux dans l'inventaire des pièces mises en vente, il vérifiait systématiquement et lorsqu'il avait un doute, il me demandait de me renseigner très précisément auprès d'antiquaires ou de musées.

– Le parfait professionnel sans histoires, en somme, résuma André. Et pourtant, nous sommes presque certains que c'est lui qui a récupéré la petite toile sans valeur pour la rapporter en Ariège chez les Haubresse. Ce qui m'étonne, c'est qu'il a été particulièrement imprudent, il devait bien se douter qu'il serait facile de savoir qui avait ouvert le coffre de la salle des ventes.

– Je n'en suis pas certaine, rétorqua Cécile. Il est d'une nullité absolue en matière informatique et il ne fait absolument pas confiance à l'ordinateur. Je lui avais proposé dans le cadre de mon stage de créer une base de données et il avait refusé catégoriquement, préférant continuer à tout marquer à l'encre dans ses grands cahiers d'inventaire. Bon, alors, que faisons-nous, Monsieur l'agent secret ?

– Pour l'instant, rien, répondit-il d'un ton énigmatique.

En réalité, sa réponse elliptique s'expliquait par le fait qu'il n'avait pas la moindre idée sur la façon de poursuivre cette enquête.

Certes, grâce à la perspicacité de la jeune femme, il avait un coupable en or, à défaut d'avoir compris le mobile des crimes, et apparemment il ne restait qu'à tirer sur ce fil opportunément apparu pour démêler l'écheveau et faire apparaître la vérité.

Cependant, son expérience des coups tordus le faisait douter de la facilité trop évidente de cette énigme.

– Tu vois, reprit André Ormus, la solution simple serait de lui passer les menottes et de commencer à l'interroger.

– Oh, formidable ! répondit Cécile qui semblait s'amuser de son nouveau statut d'enquêtrice adjointe.

– Ne sois pas si guillerette, nous avons quand même deux meurtres sur les bras. En outre, ces méthodes expéditives ne sont pas tout à fait celles de ma direction, sauf dans quelques cas urgents. À mon avis, on va laisser filer le petit poisson pour essayer de récupérer tout le banc.

Cécile était un peu surprise par cette métaphore aquatique mais elle trouvait la situation excitante et le policier sympathique. Elle acquiesça donc à cette proposition et voulut cependant en savoir davantage :

– Et comment laisse-t-on filer un petit poisson ?

– De la même façon qu'un gros, répondit André en conservant cet air mystérieux qui lui semblait pouvoir lui donner un ascendant sur la jeune femme.

L'éclat de rire qui salua son propos sibyllin lui fit comprendre que ce n'était pas acquis.

9

André Ormus avait annoncé qu'il voulait laisser filer le petit poisson, il fallait maintenant mettre en place les outils nécessaires.

Il passa à son bureau pour faire les recherches élémentaires sur Maître Legrain ; comme l'avait affirmé Cécile, celui-ci n'avait jamais attiré l'attention des diverses forces de l'ordre chargées de maintenir la paix et la sérénité sur le territoire de la France.

André réussit à trouver l'adresse de son domicile et l'immatriculation de son véhicule, puis se procura auprès du service technique de la DST une balise qui permettait grâce à une liaison par satellite de suivre les déplacements automobiles de l'objectif.

Cette balise était un simple petit boîtier métallique bourré d'électronique, muni sur l'une de ses faces d'un aimant puissant qui permettait de le fixer sous le véhicule qu'il fallait suivre.

– C'est pour qui ? demanda son collègue technicien.

– Top secret, comme d'habitude, répondit le capitaine.

Il se rendit ensuite dans le parking municipal du boulevard Carnot où, grâce à Cécile, il savait que maître Legrain avait garé sa Renault Safrane. Il trouva facilement le véhicule du commissaire-priseur garé au deuxième sous-sol, et plaça la balise sous la voiture puis ressortit à l'air libre et s'installa au volant de sa propre voiture de service. Il attrapa alors son téléphone portable et appela Cécile :

– C'est moi. Tout est en place. Legrain est toujours à son bureau ?

– Oui, mais il vient de m'annoncer qu'il devait partir. Qu'est-ce que je fais ?

– Tu me rejoins immédiatement. Je suis garé devant le numéro 49 du boulevard Carnot. Tu vas faire ta première planque et sans doute ta première filoche policière. En ma compagnie, cela devrait être sympathique, non ?

Cécile ne fit pas de commentaires particuliers, laissant le policier dans l'expectative de l'évolution de ses relations avec sa nouvelle assistante. Dix minutes après, elle ouvrit la portière passager et s'installa à côté de lui.

– J'ai dit que je partais faire une expertise, précisa la jeune femme.

– Très bien, répondit André Ormus. Maintenant, nous n'avons plus qu'à attendre.

Attendre, cela signifiait en l'occurrence garder l'œil sur l'écran qui indiquait la position du véhicule de Maître Legrain grâce à la balise. Leur patience ne fut guère mise à l'épreuve puisque quelques minutes à peine passèrent avant qu'un bip électronique signalât, grâce à la balise, la mise en mouvement de la voiture du commissaire-priseur.

– La chasse est ouverte, annonça tranquillement le policier.

– Il ne faut pas qu'il me voie ! s'exclama Cécile.

– Non, évidemment. Mets un foulard sur tes cheveux, enlève la veste de ton tailleur et mets des lunettes noires, cela devrait suffire.

– Original ! ironisa Cécile.

– Écoute, rétorqua André, agacé, cela a fait ses preuves !

La jeune femme s'exécuta rapidement, obéissant sans mot dire aux instructions professionnelles du policier de la DST. Elle eut juste le temps de changer son apparence physique qu'ils virent surgir dans la rue toulousaine la Renault Safrane.

Le commissaire-priseur conduisait normalement, voire prudemment et la filature ne s'annonçait pas difficile. De toute façon, la balise constituait une sécurité imparable.

– Il va rejoindre la rocade, constata André. Cécile sortit un petit carnet de son sac à main.

– Je vais tout noter, précisa-t-elle.

– Très bonne initiative, répondit le policier. Et cela me simplifiera la tâche pour la rédaction de mes rapports d'enquête.

Les deux voitures étaient maintenant arrivées sur la rocade car à cette heure-ci de la journée, la circulation dans Toulouse était relativement fluide. André ne perdait pas de vue le véhicule de Maître Legrain, même s'il conservait une distance de sécurité pour ne pas attirer son attention.

Quelques centaines de mètres plus loin, il vit le clignotant de la Renault s'allumer.

– Il prend l'embranchement de l'autoroute d'Albi, dit Cécile.

– Tu veux parier que nous sommes en route pour CAB ? répondit André.

– CAB ?

– Oui, Cabriannes. Le château aveyronnais. Tu n'as rien contre une virée en Aveyron ?

– Pas du tout. Les paysages sont magnifiques.

André aimait bien les autoroutes, cette errance qui perdait son sens au fil des kilomètres monotones. Il gardait un œil sur la carte électronique où la balise faisait clignoter un point lumineux pour indiquer la position de la voiture qu'ils étaient en train de suivre.

Le trajet confirma l'intuition facile du policier, ils étaient bien en route vers le château de Cabriannes. Concentré sur sa conduite et sa filature, il se surprit à humer le parfum délicat de la jeune femme qui l'accompagnait et auquel il n'avait pas prêté attention jusqu'à présent.

– Tout se passe comme prévu, dit Cécile qui scrutait l'écran informatique placé au-dessus du levier de vitesses. Il vient de prendre la sortie pour Rodez.

– Oui, cela paraît presque trop simple, rétorqua André.

– Parce que tu as commencé ton enquête et que tu as déjà de nombreux éléments en tête, répondit-elle. Mais sur le fond, nous n'avons guère avancé et cette histoire reste absolument incompréhensible. Comment aurais-je pu imaginer me retrouver dans la voiture d'un agent secret après deux horribles meurtres, avec comme seule piste un petit tableau représentant un château aveyronnais ? Quelque part, cette situation est loufoque.

– On peut le voir ainsi. Mais à mon avis, cette enquête ne va pas nous faire mourir de rire. Sans vouloir jouer au vieux flic blasé, je subodore quelque chose de bien plus tragique.

– Tu penses vraiment ? Hormis ces deux découvertes macabres, je ne vois rien de véritablement terrifiant jusqu'à présent.

Ils roulaient maintenant le long de petites routes aveyronnaises et André conservait une distance de sécurité suffisante pour ne pas alerter maître Legrain.

Tout se passa comme prévu, la balise clignotait toujours jusqu'à l'arrivée dans le village de Cabriannes. Grâce à cette surveillance électronique, ils purent voir en temps réel la Renault Safrane s'engager dans l'allée du parc du château, puis s'arrêter devant le bâtiment principal.

Construction moyenâgeuse imposante encore entourée de ses fortifications en bon état, le château de Cabriannes avait fière allure avec ses quatre tours en pierres blanches appareillées ; la porte fortifiée principale était grande ouverte ce qui permettait d'apercevoir de loin la cour intérieure et le logis majestueux.

— Que faisons-nous maintenant ? demanda Cécile.

— Nous allons prendre de la hauteur, lui répondit André.

Effectivement, au lieu de suivre la route qui menait au château à la sortie du village de Cabriannes, André engagea leur véhicule sur une voie secondaire qui les emmena au sommet d'une colline.

Là, André coupa le moteur et sortit du coffre de la voiture deux paires de jumelles. Il en confia une à Cécile en lui disant :

— Tu peux enlever tes lunettes noires, ma chère. Et t'allonger dans l'herbe. Je sais que ta tenue vestimentaire n'est pas tout à fait adéquate pour ce travail de barbouze ; pourtant tel est ton destin depuis que tu as choisi de travailler avec moi.

— J'apprécie ton humour sophistiqué et glacé, mon cher capitaine. Mais tu es en train de me dire que nous allons nous contenter d'observer ce château à la jumelle ?

– Oui.

– La DST n'a pas mieux que cela à faire ? Comment veux-tu que nous sachions réellement ce qui se passe à l'intérieur ? C'est vraiment *Mission impossible* ! Encore qu'eux, dans ce téléfilm, n'hésitent pas à aller sur le terrain et je suis certaine qu'ils oseraient entrer carrément dans le château.

– Mais je ne t'ai jamais dit que nous n'entrerions pas, répondit André. Pour l'instant, on regarde. Ensuite, nous agirons. Fais-moi confiance.

Cécile se dit qu'elle n'avait aucune raison de ne pas faire confiance à l'agent secret. En outre, l'herbe du pré était sèche et ne risquait donc pas de salir son tailleur.

Elle ôta alors ses lunettes de soleil et comme lui demandait son coéquipier, braqua ses jumelles vers le château mystérieux.

10

Maître Legrain attendait dans l'antichambre.

Cet homme d'une cinquantaine d'années, élégant et à l'allure un peu raide, se retrouvait dans la position d'un élève studieux. Il n'éprouvait pas réellement d'appréhension même s'il savait que son interlocuteur était mécontent des dernières péripéties qui avaient inutilement attiré l'attention des autorités françaises ; surtout, il n'avait pas en sa possession le tableau représentant le château de Cabriannes, préalable pourtant indispensable à son initiation au premier degré.

– Monsieur prendra bien un café ? lui demanda d'une voix neutre le majordome qui venait d'entrer dans la pièce où maître Legrain attendait d'être reçu par son hôte.

– Oui, merci, répondit-il.

Le majordome avait certainement prévu sa réponse positive car il apporta aussitôt un plateau en argent sur lequel étaient posés cafetière, tasse, cuillère et sucrier.

En contemplant la tasse de café que l'employé de maison venait de lui servir avant de se retirer silencieusement, Maître Legrain fut effleuré par l'idée que cette boisson contenait du poison, pour le punir de son échec.

– Je deviens paranoïaque, pensa le commissaire-priseur.

Paranoïaque, peut-être, mais la société secrète à laquelle il avait demandé d'appartenir avait déjà prouvé qu'elle était capable d'actions violentes et radicales. Cet hermétisme brutal constituait d'ailleurs l'un de ses attraits, outre la haute qualité de ses membres.

Certes, Maître Legrain savait fort peu de chose sur l'organisation qu'il voulait rejoindre mais ce qu'il avait pu observer constituait une motivation puissante pour parfaire son engagement. La perspective d'appartenir à cette société internationale, secrète et particulièrement puissante l'enivrait mentalement et depuis que lui avait été offerte cette possibilité, sa vie monotone avait basculé dans un univers parallèle qui lui donnait le vertige.

Il n'avait jamais ressenti de telles émotions, même à l'occasion de sa vie amoureuse qui était, il est vrai, assez terne, ou lors de ventes aux enchères, même les plus prestigieuses. En entamant son intégration éprouvante à la SDR, Maître Legrain avait véritablement eu l'impression de commencer une nouvelle existence.

Il porta la tasse de café à ses lèvres, minuscule Graal d'une manipulation mentale sectaire redoutablement efficace.

– Monsieur va vous recevoir maintenant.

Maître Legrain se leva de son siège précipitamment, manifestant à l'avance son trouble et sa soumission devant celui qui représentait son entrée dans l'organisation.

Puis il suivit le majordome qui le conduisit vers le bureau où il n'avait déjà été reçu qu'une seule fois. La porte s'ouvrit lentement, sans un bruit et une voix grave retentit :

– Soyez le bienvenu, Maître Legrain. Asseyez-vous.

Le commissaire-priseur s'exécuta après avoir salué le propriétaire du château de Cabriannes, un homme au physique neutre, qui avait à peu près le même âge que lui, plutôt austère et dont les propos accueillants concordaient mal avec une apparence vaguement impressionnante qui mettait mal à l'aise.

Le majordome referma la porte du bureau et le châtelain reprit aussitôt la parole :

– Vous n'avez pas pu vous procurer le tableau ?

– Non, hélas, répondit maître Legrain. Dans l'urgence, j'avais réussi à le mettre à l'abri chez notre regretté ami William Haubresse, pensant que la police allait immédiatement perquisitionner dans nos domiciles toulousains et à la salle des ventes. Mais beaucoup plus rapidement que prévu est intervenu en Ariège un policier que je n'attendais pas.

– Oui, je suis au courant. C'est un agent de la DST.

– La DST ? Que vient faire là le contre-espionnage français ?

– Historiquement, ce service s'est toujours intéressé aux questions ésotériques ; c'est l'une de leurs nombreuses spécialités, mal connue du grand public, mais tous les initiés connaissent les compétences de la DST en la matière.

– Vous voulez dire qu'ils sont au courant de l'existence de notre organisation ?

– Pas forcément, notre Société est l'une des plus hermétiques du monde en raison des secrets qu'elle porte en son sein. Mais il est un fait indéniable qu'un de leurs officiers est déjà sur votre piste et qu'il a réussi à récupérer le tableau dont vous êtes responsable. Ce qui n'est pas une bonne chose, vous en conviendrez.

– Je le reconnais, mais que faire ? La mort brutale et prématurée de William Haubresse a précipité la situation.

– Et comme notre Société n'initie pas les femmes...

– Pardon ?

– Oui, notre doctrine est catégorique sur ce point.

– Mais pourquoi ?

– Allons, c'est évident : leurs menstrues rendent cette possibilité totalement inenvisageable.

– Naturellement. Du coup, la veuve Haubresse ne pouvait avoir conscience de l'importance initiatique du tableau représentant votre château, qui, heureusement, s'est retrouvé dans ma salle des ventes.

– Il aurait peut-être été plus simple de laisser s'opérer la vente aux enchères normalement, affirma le châtelain. J'avais envoyé trois émissaires avec des instructions très précises et un crédit financier illimité.

– Je n'ai pas voulu prendre le moindre risque, répondit le commissaire-priseur. Il s'agit de ma propre initiation. Je n'ai pas supporté qu'un grain de sable puisse perturber ce processus extrêmement important à mes yeux ; or je ne peux pas totalement maîtriser un événement public comme une vente aux enchères. En outre, rappelez-vous que, malgré mes demandes insistantes, mon associé, Maître Magnac, a tenu absolument à diriger lui-même cette vente et que je n'avais aucun moyen de l'en empêcher. C'est lui, le principal actionnaire de notre établissement.

– D'où l'intervention efficace de nos nettoyeurs auprès de votre collègue et de son expert.

– ... et de la veuve Haubresse, qui a eu la chance inouïe d'être protégée par cet officier de la DST.

Après un court silence, le châtelain de Cabriannes relança cette conversation en forme de bilan :

– En somme, mon cher Legrain, vous stagnez au premier niveau puisque vous n'êtes pas en mesure de me donner ce tableau, comme nos statuts l'exigent.

– Et j'ai la DST à mes trousses.

– Ceci n'est pas un problème. Mais prenons les choses dans l'ordre. Vous devez impérativement récupérer le tableau pour poursuivre votre chemin initiatique. Or celui-ci se trouve dans les locaux de la police judiciaire. Vous allez donc contacter l'équipe toulousaine de nos nettoyeurs et les envoyer chercher ce tableau.

– Dans l'hôtel de police ? Mais c'est impossible.

– Rien n'est impossible pour notre société, Legrain. Vous devriez le savoir. Et nos nettoyeurs sont des professionnels très efficaces, ne les sous-estimez pas.

– Je m'en garde bien, surtout que j'ai déjà pu les voir à l'œuvre.

– Parfait. Lorsque vous aurez enfin obtenu ce tableau, vous reviendrez me voir et vous aurez accès aux connaissances promises.

– Je m'y engage. Et que fait-on de cet officier de la DST qui selon vous me court déjà après ?

– Ne vous inquiétez pas.

Le châtelain de Cabriannes appuya sur le bouton de l'interphone qui lui permettait de parler à son majordome :

– Firmin ? Veuillez m'apporter immédiatement le matériel pour nettoyages urgents.

11

Haut perché sur sa colline, le château de Cabriannes avait vraiment fière allure ; grâce aux jumelles d'André, Cécile put constater que, malgré son aspect moyenâgeux, les abords de la bâtisse étaient soigneusement aménagés et le jardin parfaitement entretenu.

– Tu vois le bouton jaune sur la gauche de tes jumelles ? lui demanda André.

– Oui, répondit la jeune femme.

– Appuie dessus.

Cécile s'exécuta et eut la surprise de voir l'image s'inverser en négatif : le château dans les jumelles devint tout blanc et plus surprenant encore, elle voyait en noir l'intérieur de la demeure, y compris les silhouettes des personnes qui y vaquaient.

– Impressionnant ! s'exclama Cécile.

– Oui, on peut le dire, rétorqua le policier. Maintenant, appuie sur le bouton bleu. Une fois encore, Cécile obéit et eut la surprise d'entendre les conversations à l'intérieur du château !

Alors que son coéquipier et elle se trouvaient à un kilomètre à vol d'oiseau du château de Cabriannes, le microdirectionnel incorporé aux jumelles retransmettait intégralement tous les bruits et discussions à distance. Il suffisait de braquer les jumelles dans la direction souhaitée.

– C'est terrible pour l'intimité des gens, ce gadget, remarqua Cécile.

– Oui, à ne pas mettre dans toutes les mains. Bon, essayons de trouver notre commissaire-priseur, lui répondit André.

Ils passèrent en revue les différentes pièces du château et au même moment braquèrent leurs jumelles vers la fenêtre du bureau du châtelain, en grande conversation avec Maître Legrain.

C'est alors que Cécile Solomiac et André Ormus entendirent résonner dans leurs jumelles la même phrase :

– Firmin ? Veuillez m'apporter immédiatement le matériel pour nettoyages urgents.

Grâce à ses réflexes professionnels, André Ormus fut évidemment le plus prompt à réagir ; il se releva précipitamment, tendit la main à Cécile pour qu'elle en fît de même et il l'entraîna aussitôt dans une course effrénée pour s'éloigner du point d'impact prévisible, c'est-à-dire leur voiture.

Bien leur en prit car ils avaient tout juste parcouru une centaine de mètres qu'un sifflement bref annonça une roquette qui détruisit le véhicule d'André Ormus dans une violente explosion. Le souffle fut tel qu'il renversa les deux fuyards et les assomma.

o

Cécile ouvrit les yeux et se remémora les derniers événements, avant de découvrir l'endroit où elle se trouvait : un cachot humide aux murs de pierres blanches, fermé par une vieille et lourde grille noire ; à ses côtés, gisait son comparse, toujours inanimé.

– André ? murmura la jeune femme. Comment vas-tu ?

Devant l'absence de réponse, elle décida de le secouer légèrement ; le policier s'ébroua puis ouvrit les yeux et contempla à son tour leur geôle, conforme à ce qu'ils pouvaient s'attendre à trouver dans les bas-fonds du château de Cabriannes.

– Tu vois, lui dit André, je t'avais promis qu'on pénétrerait dans ce fichu château... Tu te sens bien ?

– Oui, ça va, j'ai juste un peu mal à la tête. Mais rien de cassé. Et toi ?

– Pareil.

– Et ta voiture ?

– Bah, elle avait cent vingt-neuf mille kilomètres !

– Oui, mais tout de même ! Ils ont eu une réaction extrêmement violente, c'est incroyable !

– Certes, et le fait qu'ils nous aient enfermés dans la même cellule n'est guère encourageant pour notre avenir sur cette bonne vieille planète.

– Tu veux dire que...

– Ils vont nous interroger pour s'informer sur ce que nous savons puis ils vont très certainement nous tuer. Le tout est de deviner comment ! En nous noyant dans les douves, en nous torturant dans la salle de réunion des Templiers...

– Mais sois sérieux un instant ! Notre situation est dramatique, il faut faire quelque chose.

– Tu veux appeler la police ? Je ne pense pas qu'ils t'ont laissée en possession de ton téléphone portable ! Calme-toi et ne parle pas trop fort, inutile de précipiter le début des festivités. Prenant en compte cet argument de bon sens, Cécile se tut et essaya d'apercevoir le ciel bleu à travers la meurtrière longue et étroite qui donnait un peu de lumière dans leur geôle. Cet exercice visuel atteignit vite ses limites et la jeune femme se rassit sur le sol en poussant un soupir.

– Détends-toi, dit André. Mon service doit déjà être au courant de la disparition de son véhicule dans une explosion totalement illégale et va certainement s'inquiéter rapidement de ce qu'est devenu le policier qui va avec.

Cécile fit la moue, faisant ainsi comprendre qu'elle n'était pas totalement convaincue par les méthodes de la DST, du moins ce qu'elle avait pu en voir jusqu'à présent.

Beaucoup de stress et de casse, tout cela pour se retrouver enfermés dans un cachot déplaisant, avec une espérance de vie terriblement écourtée. Le bilan n'était pas génial.

Mais comme la jeune femme avait un bon tempérament, elle gardait néanmoins le solide espoir de constater une amélioration générale de la situation, qui avait déjà l'avantage de mettre un peu de piment dans son stage de commissaire-priseur à Toulouse ; et sur le fond, Cécile avait parfaitement raison de réagir positivement. On ne s'ennuie jamais avec la DST.

12

La nuit s'était emparée de Toulouse, ombres et lumières se partageaient la ville. L'hôtel de police du boulevard de l'Embouchure marquait la limite entre le centre-ville et le fameux quartier des Minimes.

Le brigadier-chef Falzy était tranquillement assis devant les écrans de contrôle vidéo qui permettaient de surveiller la circulation sur le boulevard et surtout la double entrée du commissariat central, verrouillée par deux immenses grilles métalliques à ouverture automatique.

Il suffisait au brigadier-chef d'appuyer d'un doigt sur les petits boutons placés devant lui sur le pupitre de commandes pour laisser entrer ou sortir les visiteurs nocturnes de la ruche policière : équipes nocturnes de la brigade anticriminalité qui quadrillaient les quartiers, limiers émérites de la police judiciaire qui rentraient d'une perquisition ou d'une planque, agents des renseignements généraux de retour d'une surveillance ; et surtout, victimes, plaignants ou paumés de la vie urbaine pour lesquels l'hôtel de police partageait avec le centre hospitalier de Toulouse le redoutable honneur d'être l'ultime destination d'une nuit ratée.

La soirée était particulièrement calme et le brigadier-chef Falzy pouvait sans risques quitter de temps en temps des yeux ses écrans de contrôle pour contempler discrètement la jolie gardienne de la paix qui partageait avec lui cette nuit de garde.

La jeune policière était occupée à effectuer la synthèse des accédants de la journée écoulée, ce qui allait permettre dès le lendemain matin au directeur départemental de la police urbaine d'avoir un regard global sur la population qui avait eu besoin de venir en ces locaux.

À propos de regard global, le brigadier-chef Falzy, qui continuait à surveiller à la fois les écrans de contrôle et le physique avantageux de sa jeune collègue Hafida, ressentit tout à coup une drôle d'impression, comme un dédoublement de sa vision qui précéda de peu un brouillage complet puis un évanouissement subit ; tout au plus son cerveau eut-il le temps d'enregistrer l'image d'Hafida qui, victime sans doute des mêmes symptômes, s'affaissa sur son bureau.

Occupés à leurs tâches, les deux policiers n'avaient évidemment pas remarqué le petit tuyau en plastique qui avait glissé sous la porte de leur salle de garde pour diffuser dans la pièce un gaz soporifique extrêmement violent.

La voie était libre pour les nettoyeurs toulousains de la SDR.

L'un d'entre eux appuya sur un bouton de la télécommande, qui eut pour effet de rembobiner le tuyau par lequel s'était échappé le gaz ; puis la petite voiture téléguidée qui portait la bouteille de gaz tourna sur elle-même avant de rouler vers le groupe des trois nettoyeurs se trouvant à l'extérieur de l'hôtel de police, au pied des immenses grilles métalliques qui en fermaient l'accès.

La petite voiture passa sous la grille puis fut soigneusement rangée dans un caisson par l'un des nettoyeurs, qui se mirent ensuite à escalader les grilles pour pénétrer à l'intérieur du commissariat central de Toulouse.

Le tout fut effectué en quelques minutes à peine, et dans le plus grand silence.

Les nettoyeurs ne jetèrent même pas un coup d'œil sur le brigadier-chef Falzy et sa collègue, qui continuaient à dormir profondément. Ils se dirigèrent directement vers un escalier qui les mena à l'étage de l'immeuble où se trouvaient les locaux du service régional de la police judiciaire.

L'accès était protégé par une porte blindée mais l'un des nettoyeurs fit passer un badge devant la serrure électronique : les cambrioleurs de la SDR avaient désormais la voie libre.

Sans la moindre hésitation, ils allèrent vers un bureau où ils savaient qu'ils allaient trouver une armoire forte. Une fois encore, la serrure ne résista pas à leur talent malfaisant et la porte de l'armoire fut rapidement ouverte, ce qui leur permit de prendre ce qu'ils étaient venus dérober : le tableau réclamé par Maître Legrain.

Ce cambriolage inouï dans les propres locaux de la police judiciaire était terminé.

o

C'était la première fois que le brigadier-chef Falzy voyait en se réveillant le visage d'un commissaire divisionnaire, expérience d'autant moins agréable que son supérieur hiérarchique avait l'air de fort mauvaise humeur. En outre, le brigadier-chef ressentit immédiatement à son réveil une violente migraine, effet secondaire de l'endormissement au gaz.

– Que s'est-il passé ? demanda fort logiquement le patron du service régional de police judiciaire, lorsqu'il vit que Falzy avait ouvert les yeux.

– Je n'en ai aucune idée, je n'ai rien compris à ce qui est arrivé, répondit le policier en tenue.

Le commissaire divisionnaire se doutait bien qu'il allait obtenir cette réponse mais il voulait en être certain avant d'entamer la rédaction du rapport qu'il allait devoir rédiger sur cet incident stupéfiant : un vol dans les bureaux de la police judiciaire !

Pendant qu'un médecin s'activait auprès des deux policiers du poste de garde, qui se remettaient péniblement de cet outrage sortant de l'ordinaire, le commissaire divisionnaire partit à grands pas vers son bureau.

Il avait été prévenu tôt le matin par un coup de téléphone à son domicile du policier de permanence qui avait découvert l'incroyable cambriolage et il s'était rendu immédiatement au commissariat central pour constater lui-même les faits ; il trouvait ce vol nocturne particulièrement regrettable.

– Ils sont gonflés, tout de même ! pensa-t-il. Et qu'a donc ce fichu tableau pour justifier une telle prise de risques ? Avec des moyens aussi professionnels. On dirait une action commando faite par des mercenaires. Tout cela pour une peinture qui ne vaut pas un clou et représente un château anodin !

Le commissaire divisionnaire voulait bien imaginer que le fanatisme sectaire pouvait conduire à des actions insensées mais en attendant, il allait devoir gérer l'impensable, un cambriolage au sein même de son service fétiche, la police judiciaire.

Policier honnête et homme loyal, le patron de la PJ toulousaine venait malgré lui d'entrevoir de quoi était capable la mystérieuse SDR. Et malheureusement, ce n'était qu'un début.

13

Lorsque maître Legrain aperçut le château de Cabriannes, il fut submergé par une profonde émotion car il allait se présenter à nouveau devant le châtelain, mais muni cette fois-ci du tableau, clef de son initiation.

Il gara sa voiture et grimpa rapidement les marches ; le majordome lui ouvrit la porte sans qu'il eût besoin d'appuyer sur la sonnette.

— Le maître va vous recevoir immédiatement, dit le majordome d'une voix neutre. Maître Legrain, portant précieusement le tableau sous son bras gauche, suivit l'employé de maison qui l'emmena vers le bureau du châtelain puis s'éclipsa aussitôt.

— Je suis heureux de vous revoir si rapidement, dit le châtelain.

— Oui, tout s'est déroulé à la perfection. Vos nettoyeurs toulousains sont d'une efficacité redoutable, répondit le commissaire-priseur.

— C'est normal. Mais ne perdons pas de temps et montrez-moi ce fameux tableau.

Maître Legrain sortit soigneusement la toile de son emballage et le tourna vers le châtelain ; puis comme un élève qui avait bien appris sa leçon, il dit :

— L'apprenti que je suis a réussi à identifier le château par sa représentation sur ce premier tableau et donc sa localisation, puisque je suis ici. Mais je ne comprends pas ce que cache le symbolisme du soleil au zénith.

– Rassurez-vous, répondit le châtelain. Ceci est pour... plus tard. Pour l'heure, asseyez-vous en face de mon bureau et écoutez-moi. C'est une longue histoire...

o

Cécile avait beau avoir une totale confiance en son coéquipier, à la fois agent secret et franc-maçon, elle commençait à trouver le temps long.

Atterrir dans un cachot en de telles circonstances pouvait paraître amusant au début, mais la faible lumière qui passait à travers la meurtrière et éclairait leur cachot s'était peu à peu affaiblie au fur et à mesure que la nuit s'annonçait.

– André, tu penses... commença-t-elle.

– Chut ! Je sais que tu t'impatientes mais ne t'inquiète pas, ils ne vont pas tarder à arriver. Tout va bien se passer.

– Si tu le dis.

Cécile se tut, pas totalement rassurée par cet optimisme : leur situation les maintenait depuis maintenant plusieurs heures dans cette geôle moyenâgeuse, dont elle n'aurait pu imaginer l'existence lorsqu'elle découvrit le château de Cabriannes.

Néanmoins, elle eut raison de ne pas céder à la panique et d'écouter les propos réconfortants du policier car, tout à coup, ils entendirent une voix appeler :

– André ? Tu es là ? Tout est OK ?

La voix résonnait étrangement à cause des vieux murs en pierre de leur prison momentanée ; pourtant cette phrase toute simple n'était pas inquiétante, bien au contraire. Cécile comprit immédiatement qu'elle signifiait la fin de leur détention.

André répondit à cet appel :

– Oui, pas de souci. Merci d'être venus aussi vite. Mais sortez-nous de là.

– On va le faire ! Le démineur est juste en train de vérifier que l'accès n'est pas piégé.

Cette sage précaution sembla parfaitement légitime aux deux prisonniers qui, soulagés, se prirent par la main et patientèrent sagement l'arrivée de leurs sauveurs.

Ils n'eurent guère à attendre puisque trois silhouettes en tenue de combat sombre parvinrent peu de temps après jusqu'à la grille de leur cachot.

L'un des trois hommes s'attaqua à la serrure qui ne résista que quelques dizaines de secondes et enfin la lourde porte grillagée s'ouvrit.

– Content de vous voir, les gars, dit sobrement André.

L'un des trois nouveaux venus proposa de les ausculter, mais André et Cécile les rassurèrent sur leur état de santé. Ils avaient surtout besoin de boire et de se restaurer.

Nous avons apporté ce qu'il faut, les rassura l'un des sauveteurs. Venez avec nous, tout est là-haut.

– Là-haut ? Mais alors, le château est vide ? demanda Cécile. Vous les avez arrêtés ?
– Quel château, Mademoiselle ?

o

Le commissaire divisionnaire était toujours aussi mécontent du forfait qui avait consisté à dérober le tableau, pièce à conviction essentielle, au sein même des locaux de la police judiciaire toulousaine.

Mais le policier n'était pas homme à se laisser abattre et il avait réuni très rapidement les meilleurs de ses subordonnés pour une réunion de travail dans son bureau.

– Mesdames, Messieurs, l'incident qui s'est produit cette nuit est extrêmement grave et tout à fait inadmissible. Certains de vos collègues sont en train de terminer les investigations à l'intérieur de l'hôtel de police, pour essayer de comprendre le mode opératoire de ce cambriolage hors normes. D'autres poursuivent l'enquête proprement dite sur les deux macchabées que nous avons sur les bras ou plus exactement dans les locaux de l'identité judiciaire.

Le commissaire laissa passer un court instant de silence, comme pour mieux souligner l'importance de ce qu'il allait dire ensuite.

— Il reste maintenant à retrouver rapidement ce fichu tableau qui est certainement une clef essentielle de l'énigme que nous avons à résoudre, sinon nos cambrioleurs n'auraient pas pris autant de risques pour venir le récupérer à l'intérieur même de nos locaux. C'est pour réaliser cet objectif dans les meilleurs délais que je vous ai rassemblés pour constituer une équipe opérationnelle de recherche. Vous avez carte blanche et vous me rendez compte directement.

Un commandant leva la main pour demander la parole.

— Allez-y, autorisa le commissaire.

— Merci, patron. L'objectif est clair mais nous n'avons pas le moindre début de piste. Et c'est la première fois qu'un tel cambriolage se produit.

— Oui et non. Il y a déjà eu des disparitions malencontreuses de documents lors d'affaires sensibles dans les locaux de la PJ parisienne. Mais je reconnais que la façon d'opérer est tout à fait nouvelle et prouve à la fois des moyens importants et une grande détermination. Raison de plus pour ne pas perdre de temps et vous mettre à fond sur ce dossier. Quant au début de piste, si nous sommes, nous, à sec, il n'en est pas de même pour nos collègues de la DST.

Je sais par leur patron qu'une de leurs équipes d'intervention est partie précipitamment pour l'Aveyron, sans doute pour porter secours au capitaine chargé de l'enquête que nous avons vu sur les lieux des meurtres. Vous allez donc partir immédiatement rejoindre les kamikazes de la DST puis coller à la roue de ce capitaine, qui s'appelle André Ormus. Il paraît qu'il est assez pointu sur ce genre d'affaires et de toute façon, il possède déjà visiblement des indices sérieux que nous n'avons pas. Mesdames, Messieurs, d'autres questions ? Non ? Parfait. Alors, au boulot !

14

Maître Legrain était installé dans un profond fauteuil en cuir noir.

Enfin était venu ce moment tant attendu de la première initiation, fruit de sa recherche réussie du premier tableau, qui était la condition sine qua non imposée par la SDR à tous ceux qui sollicitaient leur admission.

Le châtelain reprit alors la parole :

– Je vais vous raconter, apprenti, la première partie de l'histoire, dont l'élément essentiel n'est autre que la Sainte Lance. Savez-vous de quoi il s'agit ?

– Celle du calvaire du Christ ? répondit le commissaire-priseur.

– Oui.

– Je me suis beaucoup intéressé à cette question légendaire dans le cadre de mon travail.

– Alors racontez-moi ce que vous en savez, je vous écoute.

Maître Legrain reprit son inspiration, comme pour mieux se concentrer sur ce qu'il allait dire :

– Je pense tout d'abord aux sculptures en plaques d'ivoire de l'époque carolingienne, que l'on trouve essentiellement vers Metz, la région mosane, le soissonnais et Saint-Denis, et qui représentent cette Sainte Lance. Par exemple celle, magnifique, créée en

870, qui orne le Livre des péricopes : elle montre, parmi d'autres personnages autour de la Croix, Longin avec la Sainte Lance. Au début du Xe siècle, Rodolphe II, roi d'Italie, dut abandonner la Sainte Lance à Henri Ier de Germanie. En 1242, la Sainte Chapelle de Paris fit l'acquisition de divers objets sacrés, dont un second éclat de la Vraie Croix, la Sainte Lance et la Sainte Éponge. On retrouve la trace de la Sainte Lance au XVe siècle dans le château de Karlstejn, en Tchécoslovaquie.

– Bien, bien, apprenti. Je vois que vous possédez d'excellentes connaissances historiques. Mais remontons jusqu'à la source : lors des crucifixions, il était d'usage de briser les jambes du supplicié. Ce dernier ne pouvant plus s'appuyer sur ses membres inférieurs pour se redresser et respirer, mourait rapidement par asphyxie. Dans le cas du Christ, il en fut différemment ; un soldat romain lui perça le flanc droit (au niveau du foie) de sa lance, abrégeant ainsi ses souffrances en provoquant une mort quasi immédiate.

– Évangile selon saint Jean (33-35) : *S'étant approchés de Jésus, et le voyant déjà mort, ils ne lui rompirent pas les jambes ; mais l'un des soldats lui perça le côté avec une lance, et aussitôt il sortit du sang et de l'eau.*

– C'est exactement cela, apprenti. Et vous savez que le soldat en question se nommait Longin (Longinus). Sa lance, considérée depuis comme l'une parmi les plus sacrées et célèbres des reliques chrétiennes, fut appelée Lancea Longini (Lance de Longin). Mais, depuis longtemps, la relique est devenue plus importante que le soldat lui-même. C'est pourquoi le terme Longin ou Longinus désigne généralement la Lance elle-même. Cette dernière est également dénommée Sainte Lance. Le châtelain marqua une pause, comme pour laisser son interlocuteur s'imprégner mentalement du contexte de la crucifixion. Puis il reprit la parole :

– Vos connaissances historiques remontent à des figurations du IXe siècle mais nous savons que la présence de la relique à Jérusalem est mentionnée par divers témoins au VIe siècle, par exemple le pèlerin Antoine de Plaisance qui décrit les lieux saints en 570 et affirme avoir vu à la Basilique du Mont Sion *la couronne d'épines dont Notre Seigneur fut couronné et la lance avec laquelle il fut frappé au côté*. Toujours au VIe siècle, la Sainte Lance est située dans la Basilique de la Résurrection, qui n'est autre que le Saint Sépulcre. La présence à Jérusalem de la Sainte Lance est attestée par d'autres témoins comme Cassiodore *(In Ps. lxxxvi, Patrologia Latina LXX, 621)* ou Grégoire de Tours, même si eux-mêmes ne l'ont pas vue et se contentent de rapporter l'information.

– Information capitale à leurs yeux en tout cas, puisqu'ils l'évoquent dans leurs écrits.

– Tout à fait, cette relique revêtait déjà une importance majeure dans toute cette partie du monde.

Mais au siècle suivant, en 615 exactement, les Perses occupèrent Jérusalem ; c'est alors que la Sainte Lance fut brisée en deux parties. La partie supérieure, celle avec la pointe fut remise par un officier perse au patrice Nicetas ; ce dernier la rapporta à Constantinople et la déposa dans l'Église Sainte Sophie.

Constantinople fut à son tour ravagée en 1204 mais la Sainte Lance survécut une fois encore à ces violences guerrières et fut revendue en 1244 par Baudouin II, empereur latin de Constantinople, à Louis IX, le fameux Saint-Louis. Le roi de France la fit transporter à Paris, où elle fut déposée dans la Sainte Chapelle. Elle resta là jusqu'à la Révolution Française de 1789, époque troublée à laquelle Louis XVI donna l'ordre d'envoyer l'ensemble des reliques de la Sainte Chapelle, à Saint-Denis, endroit jugé plus sûr.

Après la Révolution, la municipalité de Saint-Denis donna ces reliques à la Convention qui récupéra les matières précieuses comme l'or, les perles, les pierres, etc., puis donna le reste à un orfèvre nommé Auguste. Celui-ci cacha ces reliques dans son jardin de L'Hay-les-Roses pendant la Terreur.

Napoléon Bonaparte, une fois au pouvoir, se mit à rechercher ces reliques. Afin de soustraire la Sainte Lance aux convoitises de l'Empire, l'orfèvre Auguste la transmit à l'un de ses clients et amis, qui n'était autre que l'un des ancêtres du Marquis Gilles de Chefdemalle, le propriétaire du château de

Cabriannes. Voilà, Apprenti, vous connaissez presque l'essentiel de cette première étape et la raison de votre présence ici avec ce tableau ; sachez également, et comprenez l'importance de ce que je vais vous dire : la relique de la Sainte Lance contient toujours d'infimes molécules du sang du Christ.

o

— Des molécules du sang du Christ ? s'exclama Cécile. C'est une blague ?

— Non, je pense qu'ils sont sérieux, répliqua André.

Ils étaient à l'écoute du scanner qui leur permettait d'écouter à distance la conversation édifiante entre le châtelain et maître Legrain.

Tout s'était passé très vite depuis leur extraction de la geôle qui, contrairement aux apparences, ne se trouvait pas dans les bas-fonds du château de Cabriannes, mais dans une grotte aménagée des contreforts aveyronnais.

Grâce au bip électronique qu'André portait sur lui et que ses ravisseurs n'avaient pas trouvé, ses collègues de la DST avaient pu le localiser rapidement et intervenir pour le sortir de ce mauvais pas.

Rééquipé d'une voiture et de tout le matériel du parfait agent secret en mission, André avait décidé de repartir immédiatement vers le château de Cabriannes pour reprendre sa mission ; naturellement, il était toujours accompagné de Cécile ainsi que de deux policiers de la PJ, un capitaine et un gardien de la paix, qui les avaient rejoints entre-temps. Les ordres qu'ils avaient reçus étaient clairs : continuer la surveillance sans intervenir. C'était ainsi qu'ils s'étaient retrouvés aux abords du château et qu'ils avaient pu se mettre à écouter en direct l'initiation du commissaire-priseur toulousain, revenu à Cabriannes après le cambriolage des locaux du SRPJ par les nettoyeurs de la SDR.

L'apparition des molécules du sang du Christ rendait également les policiers de la PJ très dubitatifs sur la rationalité de l'enquête qu'ils étaient en train de mener et on les devinait tout près de faire appel à un psychiatre plutôt qu'à une paire de menottes pour récupérer le tableau dérobé dans leur service.

Seul André, peut-être grâce à son engagement maçonnique qui ne lui faisait écarter a priori aucune piste, semblait prendre au sérieux les propos que le scanner leur transmettait.

De toute façon, ils n'eurent guère le loisir d'entamer une analyse approfondie sur ce qu'ils venaient d'entendre car la voix du châtelain résonna à nouveau dans le scanner.

André jeta un coup d'œil vers le ciel, comme pour vérifier qu'il n'allait pas à nouveau prendre un missile sur la tête ; mais cette fois-ci tout semblait calme et ceux qu'ils surveillaient ne semblaient pas s'être aperçus de leur retour ; le policier se consacra alors à l'écoute du scanner ; il n'allait pas être déçu.

15

Maître Legrain était resté absolument attentif pendant tout ce récit incroyable qui, intellectuellement, lui donnait le tournis. Il se doutait que les secrets de la SDR avaient une dimension historique et ésotérique importante mais n'imaginait pas que ce fût à ce point.

Surtout, il ignorait que l'initiation qu'il était venu chercher ne se résumait pas à ce bref récit et qu'allait maintenant débuter une cérémonie bien réelle.

En effet, le châtelain se leva de son fauteuil et se dirigea vers un coffre-fort encastré dans le mur derrière son bureau. Il en sortit un reliquaire en argent qu'il posa délicatement sur une table basse placée devant Maître Legrain.

Le châtelain bascula légèrement le reliquaire et le commissaire-priseur put voir à l'intérieur la pointe de la Sainte Lance.

D'abord stupéfait, Maître Legrain s'avança pour mieux regarder la relique ; sur ses faces étaient incrustés quatre dragons en or. Seul le dessus du reliquaire, en émeraude, transparent, permettait de l'apercevoir.

C'était un triangle de vieux métal, quasiment équilatéral, de presque une dizaine de centimètres de côté.

Le maître ouvrit le reliquaire avec une clef qu'il portait à son cou, accrochée à un collier dissimulé sous le foulard qui entourait sa gorge ; puis il retira la relique du coffre et, à l'aide d'un ciseau et d'un maillet, il en décolla un minuscule éclat qu'il transmit à l'apprenti.

Suivant les instructions verbales du châtelain, Maître Legrain, à l'aide d'un pilon et d'un mortier, broya le fragment jusqu'à le réduire en fine poudre.

Cette infime quantité de poussière fut alors introduite dans une petite ampoule de verre, à son tour scellée par le feu d'un bec Bunsen.

L'apprenti garda avec lui cette ampoule, à la demande du châtelain qui, après avoir replacé la pointe de la Sainte Lance dans son coffre, confia également à l'apprenti un deuxième tableau.

Celui-ci représentait le même paysage que le premier, si ce n'est qu'à l'inverse, sur le côté gauche, était peint un château caractéristique, différent du château de Cabriannes ; au-dessus de la ligne d'horizon était représenté un insecte.

Maître Legrain comprit aussitôt qu'en parvenant en ces lieux, il n'avait franchi que la première étape.

D'ailleurs, après un long silence, le châtelain prononça ces mots qui concluaient la cérémonie mais signifiaient également le véritable début de l'histoire :
– Il est temps pour vous, apprenti, de poursuivre votre quête.

o

– Pour moi, ce sont des fadas, dit l'un des policiers de la PJ.

– Quelque part, oui, certainement, répondit André. Mais ils ne plaisantent pas et ce qu'ils sont en train de faire possède véritablement un sens et un but. À nous de le découvrir.

Ils ne purent discuter davantage car le scanner leur apprenait que l'initiation semblait achevée ; plus encore, Maître Legrain fut invité à quitter les lieux, muni de son deuxième tableau et le châtelain donna des ordres à son majordome pour organiser son propre départ immédiat.

– On ne lâche pas Legrain, dit le commandant de la PJ. C'est notre objectif principal. Mais je préviens le service pour qu'ils mettent une équipe derrière le gourou du château.

– Je suis d'accord, répondit André. Mais ne restons pas là, ne prenons aucun risque d'être à nouveau repérés.

Les trois policiers et Cécile regagnèrent leurs véhicules et se rendirent discrètement à un kilomètre du château ; là, ils attendirent tranquillement de voir passer le véhicule du commissaire-priseur qui rejoignait Toulouse.

Le poisson est ferré et la filature peut commencer, se dit André en faisant démarrer sa voiture de service.

La filature pouvait commencer, mais André Ormus ne pouvait deviner, malgré son imagination, jusqu'où elle irait. La quête de Legrain devenait aussi la sienne, mais elle s'apparentait vraiment à un saut dans l'inconnu.

16

Maître Legrain ressentit une sorte de vertige. Pourtant il avait regagné son bureau toulousain, sa première initiation datait déjà de quelques heures et représentait maintenant plus un souvenir qu'une émotion vécue.

Malgré le délai écoulé, l'exhortation du châtelain résonnait encore dans sa tête : « poursuivre sa quête ». Il balaya du regard la pièce qui lui servait de bureau dans les locaux de la salle des ventes et trouva le décor particulièrement plat, presque dérisoire après ce qu'il venait de vivre.

Puis ses yeux revinrent sur l'écran de son ordinateur ; branché sur Internet, il essayait d'identifier une image, celle du deuxième tableau.

Le commissaire-priseur n'avait guère eu de difficultés à identifier l'insecte qui semblait planer comme une menace au-dessus de la demeure seigneuriale : il s'agissait d'un capricorne. Pourquoi ? Signe zodiacal ? Indice pour localiser ce nouveau château ?

Depuis son retour d'Aveyron, Maître Legrain pensait sans cesse à cette nouvelle énigme, qui s'apparentait à un jeu de pistes pour enfants sauf que le nouvel initié subodorait derrière tout cela des enjeux bien plus importants qu'un divertissement. La mystérieuse SDR ne plaisantait certainement pas et les secrets qu'elle gardait au bout de ce chemin codé devaient revêtir une importance capitale.

L'ambiance et la solennité de la cérémonie de Cabriannes prouvaient amplement que le commissaire-priseur avait déclenché un engrenage terrifiant.

– Comment puis-je trouver ce sacré château ? marmonna-t-il à voix basse. C'est impossible, il y en a trop !

Il faisait défiler les pages Web du moteur de recherche Google, essayait de nouvelles découvertes en accolant des mots-clefs comme château, SDR, capricorne...

Rien. La plus grande encyclopédie virtuelle du monde restait étonnamment silencieuse, comme si tout ceci n'existait pas, comme si l'initiation du commissaire-priseur avait eu pour effet une hallucination complètement déconnectée de la réalité du commun des mortels.

– Je perds mon temps. Je n'y arriverai jamais par ce moyen, l'énigme est beaucoup trop pointue pour pouvoir être résolue par une simple recherche sur le Net ! Énervé, il se redressa sur son siège, pour prendre du recul par rapport à son écran et se mit à réfléchir.

– Si le virtuel ne donne rien, il me faut des archives écrites. Je ne trouverai rien à Toulouse, la SDR n'est pas une organisation spécifiquement locale. La seule solution, c'est donc Paris... et la Bibliothèque

Nationale de France. Il replongea sur son écran et en trois clics de souris fit apparaître le site Web de cette bibliothèque.

Une recherche sur le moteur interne de la BNF le convainquit que la seule solution était de se rendre lui-même à Paris.

Quand ? Tout de suite, naturellement !

Il lui paraissait évident que cette quête était immédiate, prioritaire sur toutes ses autres activités, que ses nouveaux maîtres de la SDR attendaient de lui une réactivité instantanée.

Il prit le téléphone pour effectuer lui-même une réservation sur la prochaine navette aéronautique qui allait le conduire de Toulouse-Blagnac à Paris, vida le cache de son navigateur Web pour éviter des contrôles indiscrets car il n'avait pas oublié que les enquêteurs de la police judiciaire étaient toujours en train de chercher des indices sur le meurtre de son collègue et associé. Puis il se leva et se dirigea à grands pas vers la sortie de la salle des ventes, sans un regard pour les employés qui, malgré les événements, préparaient déjà la prochaine enchère, un lot de magnifiques statuettes afghanes.

Maître Legrain était très loin de l'Afghanistan, à vrai dire. Porté par le souffle de l'initiation de Cabriannes, il avait véritablement le sentiment de vivre déjà dans une autre dimension.

o

Cécile fut la première à apercevoir maître Legrain sortir de la salle des ventes. André prévint par radio ses collègues de la police judiciaire, qui planquaient à proximité dans leur propre véhicule. Le commissaire-priseur se dirigea vers une station de taxis où il n'eut pas à attendre car, à cette heure-ci de la journée, les clients étaient rares.

Le taxi démarra, suivi discrètement par les voitures de la DST et de la PJ, et s'engagea dans le boulevard en direction du quartier Compans Cafarelli ; puis il se dirigea vers la rocade où il prit l'embranchement de gauche.

Quelques centaines de mètres de route plus loin, il obliqua vers la voie de droite, en direction de Blagnac.

– OK, j'ai compris, dit André. Il prend l'avion.

Il transmit l'information à ses collègues de la PJ qui appelèrent aussi la police de l'Air et des Frontières afin de les prévenir ; ainsi la poursuite de leur filature serait facilitée par l'obtention immédiate de billets d'avion, quelle que soit la destination qu'allait prendre maître Legrain.

Ce dernier venait d'ailleurs de descendre du taxi devant l'entrée de l'aérogare de Toulouse-Blagnac.

Cécile et André restèrent en retrait pour ne pas être repérés et le gardien de la paix de la PJ partit à pied derrière leur objectif pour se renseigner, pendant que le commandant parlementait avec son homologue de la police de l'Air et des Frontières :

– Salut et merci pour ton aide ; pouvons-nous garer nos voitures sur un parking réservé de l'aéroport ? Peux-tu nous obtenir les passes nécessaires afin de pouvoir prendre le même avion que le gars que nous sommes en train de suivre ? Nous sommes quatre, trois collègues et une assistante momentanée.

– Deux fois oui !

Tout se passa très vite : le gardien de la paix put apprendre que maître Legrain prenait la prochaine navette pour Paris et dès qu'il eut embarqué avec les autres passagers de l'Airbus, les trois policiers et Cécile montèrent à leur tour dans l'avion ; mais eux prirent place dans la cabine des hôtesses.

L'Airbus transperça la couche blanche des nuages pour se dorer à la lumière du soleil puis, moins d'une heure après, amorça sa descente vers l'aéroport parisien.

Ensuite, le scénario fut pratiquement le même qu'à Toulouse : Maître Legrain prit un taxi, suivi d'un autre taxi où s'entassèrent les quatre poursuivants ; les deux voitures s'engagèrent sur l'autoroute, en direction de Paris ; trois quarts d'heure plus tard, les véhicules stoppèrent devant le site François-Mitterrand de la Bibliothèque Nationale de France.

Le commissaire-priseur s'engagea dans le bâtiment majestueux, temple de la mémoire française ; le gardien de la paix se mit sur ses talons, pendant que Cécile et les deux autres policiers s'installaient dans un café en face de la bibliothèque. André et le commandant de la PJ prirent chacun leur téléphone portable pour aviser leur hiérarchie respective du déroulement des événements ; puis ils attendirent d'obtenir des nouvelles informations de leur collègue parti à l'intérieur de la bibliothèque.

Cécile contempla l'air à la fois soucieux et décontracté de ses coéquipiers et se dit que sa vie de commissaire-priseur stagiaire avait pris un drôle de tour.

La jeune femme n'en était pourtant qu'au tout début de sa découverte de l'univers étrange de certaines enquêtes policières.

Maître Legrain traversa l'immense hall de la Bibliothèque Nationale de France, suivi de près par le gardien de la paix toulousain et, en se fiant aux flèches indicatrices, parvint jusqu'à un guichet ; par chance, il n'eut pas à patienter en faisant la queue et put immédiatement s'adresser à une fonctionnaire de la bibliothèque, à qui il exposa le motif original de sa recherche :

– Bonjour Mademoiselle, je voudrais trouver des documents sur un tableau de peinture, sur lequel je ne dispose d'aucune indication, à part une description.

– Intéressant, répondit la jeune femme. Mais j'en ai vu d'autres, allez-y.

– Merci ! Cette toile représente un château survolé par un capricorne.

– Ah oui, effectivement, ce n'est pas commun. Une seconde... La bibliothécaire se mit à pianoter sur son clavier pour entrer dans son ordinateur une recherche à partir de mots-clefs. Quelques secondes plus tard, elle dit :

– Curieux, ça met du temps à chercher... Vous n'avez pas d'autres précisions ?

– Ajoutez le sigle « SDR », demanda le commissaire-priseur.

– D'accord !

La jeune femme tapa les trois lettres puis se pencha vers son écran, avant de reprendre la parole :

— Bizarre, bizarre. Jamais vu ces signes cabalistiques sur mon ordi ! Voyons un peu. Bon, visiblement, il n'y a rien dans nos rayons, par contre je vois quelque chose dans nos anciens locaux, la bibliothèque nationale de la rue Richelieu ; l'accès est réservé aux professionnels, sauf si vous pouvez prouver que l'ouvrage que vous cherchez n'existe nulle part ailleurs, ce qui est visiblement le cas. Satisfait, Monsieur le capricorne ?

— Oui, merci.

Le commissaire-priseur avait répondu d'un ton sec, désagréablement surpris par le ton un peu familier de la jeune femme, le trouvant déplacé par rapport aux enjeux dramatiques de la quête qu'il était en train de mener.

Il la salua d'un signe de tête puis s'éloigna à grands pas vers la sortie.

Il avait tout juste poussé la porte de la bibliothèque que le gardien de la paix, qui avait prévenu par téléphone ses collègues du départ de leur objectif, s'approcha à son tour de l'accorte bibliothécaire, en lui exhibant discrètement sa carte professionnelle.

— Bonjour Mademoiselle. Je peux vous demander quelque chose ?

— Ça alors ! Un policier à la BN ! Quelle journée ! Vous voulez savoir si Pierrot le fou a écrit ses mémoires ?

– Non, non, c'est sérieux. Vous venez de renseigner quelqu'un, pouvez-vous me dire ce qu'il voulait ? Et la réponse que vous lui avez faite ?

– Je ne sais pas si je suis autorisée.

– C'est important et urgent. Pas de souci, c'est pour une enquête.

– D'accord, d'accord, de toute façon, il n'y a rien de confidentiel. Ce brave monsieur cherche des informations sur un château que survole un capricorne. Il m'a également donné un sigle : SDR ; mais je n'ai rien ici. Par contre, mon ordinateur a révélé qu'il existait un vieux dossier dans l'ancienne bibliothèque nationale, rue Richelieu. Ce monsieur, tout juste poli, est parti dare-dare vers son destin et je l'ai vu partir, tout petit, vers l'horizon de mon oubli, comme chantait le poète.

Le policier toulousain ne put retenir un sourire devant la bonne humeur communicative de la bibliothécaire parisienne ; malheureusement il n'avait pas le temps de baguenauder aux bras de la demoiselle le long des quais de la Seine.

Il la remercia chaleureusement pour le tuyau puis fonça rejoindre ses coéquipiers qui, s'ils faisaient bien leur travail, devaient déjà être en train d'effectuer la filature derrière le commissaire-priseur.

Le gardien de la paix avait bien fait de ne pas douter de ses collègues car ceux-ci avaient effectivement pris en chasse leur gibier qui, en sortant de la bibliothèque, s'était dirigé vers la station de métro la plus proche. Il les rejoignit en courant et tous les protagonistes s'enfoncèrent dans le ventre de Paris pour prendre une rame de métro qui allait peut-être et même certainement, les conduire au cœur de ce nouveau mystère... qui n'était pas que parisien, tous en étaient conscients.

Mais la clef de cette étape se trouvait bien dans cette deuxième bibliothèque, portant le nom d'un cardinal qui avait fait de la raison d'État une façon de gouverner la France ; Richelieu avait porté ainsi au plus haut l'usage du secret, avec ses avantages et ses inconvénients. Qu'en serait-il des secrets de la SDR ?

18

D'une certaine façon, Cécile trouvait fort plaisant de se retrouver dans le métro parisien, si différent du Toulousain, en compagnie de ces trois policiers ; mais prise comme ses comparses par l'ambiance de la filature, elle n'avait guère le loisir de se laisser aller au sentimentalisme.

Le commissaire-priseur semblait ne pas vouloir perdre de temps et, sans le savoir, imposait un rythme soutenu à ses poursuivants.

Le déplacement métropolitain fut bref et après une correspondance à Bercy, ils arrivèrent logiquement, une vingtaine de minutes après leur départ de la bibliothèque François Mitterrand, à la station « Pyramides », ce qui fit sourire Cécile et André car ils y virent une allusion involontaire au symbolisme maçonnique.

Mais les réflexions métaphysiques n'étaient pas à l'ordre du jour, la course-poursuite continuait.

Après avoir rapidement consulté le plan affiché à l'extérieur de la bouche de métro, Maître Legrain se dirigea vers la bibliothèque Richelieu.

Autant la nouvelle Bibliothèque Nationale de Tolbiac était un bâtiment futuriste à quatre tours d'angle, à l'image des commanderies templières, celle de la rue Richelieu, un bâtiment ancien ayant la forme d'un quadrilatère, offrait aux chercheurs une tout autre ambiance. La grande salle de lecture ressemblait à la nef gigantesque d'une cathédrale. Tous les murs, jusqu'à la voûte que constituait le plafond, étaient garnis d'ouvrages auxquels les bibliothécaires accédaient par des échelles qui se déplaçaient sur un rail. Le fond de la salle était en demi-cercle.

De part et d'autre de l'allée centrale étaient disposées de longues tables de bois, recouvertes de tapis verts et de lampes en cuivre avec des abat-jour en toile violette.

À la droite de la salle principale se trouvait une enfilade de petites pièces qui contenaient plusieurs armoires où étaient rangées dans des tiroirs les fiches des différents ouvrages.

Comme tous les lecteurs, Maître Legrain récupéra les fiches des ouvrages qu'il désirait, à savoir la référence que lui avait indiquée la bibliothécaire de Tolbiac, ainsi qu'un catalogue des « châteaux, manoirs et autres bâtisses de France et de Navarre » ; puis il apporta ses fiches et sa pièce d'identité au bureau situé à l'emplacement du chœur avant d'aller s'asseoir à une place libre.

Naturellement, son manège était observé à distance par les quatre autres Toulousains.

Un assistant lui apporta ensuite l'un des ouvrages qu'il souhaitait, le catalogue des châteaux ; en revanche, le bibliothécaire déposa devant lui l'autre fiche, qui portait la mention : « communication interdite », et dit :

– Il s'agit là d'un incunable, Monsieur. Nous ne pouvons pas vous montrer ce document et il n'en existe aucune reproduction. Je puis juste vous dire qu'il s'agit d'un manuel alchimiste du XIIIe siècle.

Le commissaire-priseur n'essaya même pas de discuter et se concentra pour tenter d'identifier ce qu'il cherchait.

Pendant que Cécile et le gardien de la paix surveillaient maître Legrain, qui tournait lentement les pages du catalogue, André Ormus et son coéquipier de la police judiciaire se dirigèrent du même pas vers la sortie de la bibliothèque ; ils avaient décidé de vérifier téléphoniquement auprès de leurs services respectifs les quelques informations qui avaient pu être glanées par leur collègue dans la première bibliothèque.

Quelques coups de fil portable plus tard, leur mine déconfite indiquait qu'ils n'avaient guère progressé.

– Totalement inconnu chez nous et aux renseignements généraux, dit le commandant de la PJ d'un ton dépité.

– Moi, ce n'est guère mieux, répondit André. Une note de renseignement du temps de Roger Wybot, ce qui ne nous rajeunit pas ! Une synthèse sur des mouvements occultistes internationaux, parmi lesquels on trouve une SDR, « Société du Dragon Rouge », d'autant plus mystérieuse que l'informateur, dont mon service disposait à l'époque, avait vu sa carrière prématurément abrégée. Son cadavre avait été découvert en très mauvais état dans la cave d'un immeuble désaffecté de la rue du Temple, dans le troisième arrondissement de Paris. Apparemment, mes collègues n'avaient pas jugé bon ou pas réussi à pousser plus avant leurs investigations.

– Le Dragon Rouge ? Une triade asiatique ?

– Je te dis, je n'en sais pas davantage. Bon, retournons à l'intérieur de la bibliothèque.

Les deux officiers de police rejoignirent leurs deux acolytes qui continuaient à surveiller le commissaire-priseur en train de lire.

– Cécile, dit André à voix basse, tout va bien ?

Oui, mon capitaine. Il n'a pas bougé d'un pouce, il compulse consciencieusement son gros bouquin. Ton collègue est allé se renseigner, c'est un recueil historique sur les châteaux français ce qui, d'une certaine manière, est logique après celui de Cabriannes.

Oui, un réseau de châteaux, d'accord, nous enquêtons dans le grand monde. Et l'autre fiche ?

Un incunable alchimiste de la fin du Moyen Âge, répondit la jeune femme. Non communicable, même à un représentant en mission du ministère de l'Intérieur.

Tu sous-estimes la DST ! Passe-moi la référence, je vais la transmettre à mon service qui va dépêcher un spécialiste. De toute façon, ce n'est pas urgent puisque notre objectif n'y a pas eu accès.

André jeta un coup d'œil vers leur cible qui, impassible, du moins en apparence, continuait à tourner méticuleusement les pages de l'ouvrage posé devant lui.

Soudain, le commissaire-priseur sursauta puis se mit à noter quelque chose dans son calepin.

– Les amis, prévint André, je pense que nous allons bientôt reprendre la vie de château.

Personne ne daigna relever ce trait d'humour : l'ambiance solennelle de la bibliothèque Richelieu, conjuguée au stress de la surveillance, enlevait à tous l'envie de sourire.

Telle n'était pas, de toute façon, la vocation des incunables du XIIIe siècle ; et l'identification plausible du sigle SDR n'était guère plus comique ou rassurante. A priori, la Société du Dragon Rouge n'avait vraiment rien d'une association philanthropique. Et l'avenir allait malheureusement confirmer cette première impression.

19

En sortant de la bibliothèque Richelieu, Maître Legrain ne se dirigea pas vers la station de métro mais vers la rue des Pyramides, à huit cents mètres plus loin.

Il avait recherché avec son téléphone portable l'agence de locations de voitures la plus proche, bien décidé à exploiter immédiatement le résultat de ses recherches livresques.

Selon le même scénario depuis le début de la filature à Toulouse, le commissaire-priseur était suivi sans qu'il s'en rende compte par le gardien de la paix de la police judiciaire, qui entra presque en même temps que lui dans la boutique et put entendre en direct la conversation :

– Bonjour, Madame, je voudrais louer un véhicule pour me rendre dans l'Aude.

– Bien sûr, Monsieur. C'est un long trajet ?

– Oui, dans les huit cents kilomètres.

– Donc je vous propose une routière ? Je vérifie ce que j'ai de disponible. Pas de problème, une Peugeot 607 vous conviendrait ?

– Oui.

– Quelle est votre destination exacte ? Je dois regarder pour la restitution de la voiture.

– Je me rends à Arcas.

– Je consulte mon ordinateur. Notre agence la plus proche est à Carcassonne, soit à quarante-cinq kilomètres de votre destination. Vous pourrez y rendre le véhicule. Voici les coordonnées de notre agence locale.

Le commissaire-priseur effectua les dernières formalités pour la location de la Peugeot puis ressortit de l'agence avec les clefs de la voiture, sans même prêter attention au policier en civil.

Grâce à son téléphone portable, ce dernier avait transmis en direct le dialogue à ses coéquipiers qui attendaient un peu plus loin dans la rue des Pyramides.

– Qu'est-ce qu'on fait ? demanda le commandant de la PJ.

– On loue, nous aussi, répondit André Ormus. Les collègues parisiens n'auront jamais le temps de nous prêter un véhicule avant le départ de Legrain.

– D'accord.

Le commandant demanda par téléphone au gardien d'effectuer à son tour les démarches pour louer, puis d'aller récupérer leur voiture dans le garage de l'agence, situé un peu plus loin dans la même rue.

Moins d'une demi-heure après, la filature automobile était opérationnelle : Maître Legrain, au volant de sa Peugeot, quittait le centre de Paris et roulait vers le sud, ignorant toujours qu'il était pourchassé.

André conduisait ; le commandant de la PJ, assis lui aussi à l'avant du véhicule, se tourna vers son collègue de la police judiciaire :

– Tu peux regarder avec ton téléphone portable si tu trouves sur Internet des éléments intéressants sur notre destination ?

– Oui, aucun souci. C'est tout à fait dans le sud de la France, près de Carcassonne.

– Toulouse, Paris, Carcassonne, dans la même journée, il nous épuise, ce brave Legrain ! Mais essaie de comprendre pourquoi il veut aller là-bas.

– Arcas, Arcas... ça cherche. Voilà, Arcas, un village situé près de Limoux. Un petit village, où pourtant plusieurs faits curieux ont été constatés, d'après les pages Web que je consulte : un tableau ésotérique égyptien de Niclaus Kaddasch, un tombeau disparu, un menhir légendaire sur la fin du monde...

– Rien que ça, ironisa André. Essaie de creuser l'histoire du tableau, s'il te plaît, puisque nous sommes plongés dans le monde pictural depuis le commencement de cette enquête.

– Attends, j'ai aussi trouvé un château : *à l'ouest du village, au sommet d'un monticule s'élève le château d'Arcas, chef-d'œuvre de l'art gothique et de l'architecture médiévale. L'enceinte presque carrée, d'une cinquantaine de mètres, est percée au centre d'une porte en arc brisé munie d'un mâchicoulis ornée au sommet d'une clef de voûte aux armes de la famille médiévale, le comte Henri d'Ardentaug.*

– Le patron va être ravi de savoir qu'on passe notre temps dans du tourisme médiéval, remarqua le commandant. Mais tout ceci ne nous explique toujours pas ce que va faire là-bas ce bonhomme.

– Il va voir Jésus, répondit le gardien.

– Pardon ? s'exclama André Ormus.

– Oui, oui, j'ai trouvé une autre page Web où ils disent : *Jésus-Christ, roi de Redae, caché en Arcas, règne par l'Arche. Derrière lui se trouve son trésor tandis que non loin de lui et devant, se trouve l'Arche d'Alliance.*

– N'importe quoi, répondit le policier de la DST.

– Moi, je te dis ce que je vois ! Attends. Le tableau, c'est une peinture de Niclaus Kaddasch, un peintre du XVIIe siècle. La toile représente une tombe pyramidale, symbole des êtres mortels. C'est brouillon, je n'y comprends rien, en plus l'écran de mon téléphone portable est trop petit, ça ne facilite pas la lecture ! Cécile, qui avait suivi la conversation sans piper mot, se décida à hasarder une hypothèse :

– C'est peut-être tout simplement l'un de ces innombrables et passionnés chasseurs de trésor qui tournent autour du mystère d'Arcas.

– Oui, c'est sans doute tout simple, rétorqua le commandant sur un ton aimable mais un peu dubitatif devant une suggestion qui n'émanait pas d'un membre de la maison policière. Le gardien de la paix continuait ses recherches virtuelles :

– Arcas, c'est aussi un fils de Zeus dans la mythologie grecque. Arcas, ça veut dire Arche, comme nous l'avons déjà vu, mais aussi cercueil. Encore le tombeau du Christ.

— Quel salmigondis ! s'exclama André.

— Bah, faut bien rêver, répondit son collègue de la PJ. Je continue. Là, des sites de jeux de rôle avec Arcas, des vampires. Ça devient plus glauque ! Ah, maintenant, c'est l'Ordre du Temple, normal !

— Bon, laisse tomber, ça me fatigue, dit le commandant. De toute façon, nous sommes derrière lui, nous finirons bien par comprendre ce qu'il cherche.

Les deux voitures étaient maintenant engagées sur l'autoroute du Sud.

La nuit était tombée, apaisante après ces quelques heures de galop derrière les mystères de la SDR. Maître Legrain, les mains crispées sur le volant de son véhicule, roulait vers son destin avec une froide détermination.

Ceux qui le suivaient essayaient de se détendre un peu en restant silencieux ; ils ne se doutaient pas que la discussion qu'ils venaient de tenir avait involontairement effleuré quelques pistes prometteuses, et surtout terrifiantes.

20

En traversant le paisible village d'Arcas, Maître Legrain eut l'impression de contempler ces lieux géographiques particuliers où, sous une apparence anodine, se ressentait l'existence d'un autre niveau. Il s'agissait certainement de l'un des effets psychologiques de l'initiation qu'il était en train de vivre ; mais cette perception subliminale était suffisamment forte pour qu'il la considérât comme une réalité aussi importante que le paysage cathare où il venait d'arriver au petit matin, après une nuit de voyage.

Profitant d'une halte à Limoges, André avait passé le volant à son collègue de la police judiciaire et avait pu somnoler. Quant à Cécile et au gardien de la paix, confortablement installés sur la banquette arrière de la voiture, ils avaient également pu bénéficier de quelques heures d'un sommeil réparateur.

Pour autant, ce n'était pas la grande forme et la fatigue de la route se faisait sentir.

– Il est dopé, ce type, ou quoi ? demanda le commandant.

– Sans doute tout simplement motivé, répondit André.

Par prudence, ils s'étaient arrêtés à l'entrée d'Arcas et avaient coupé les phares de leur voiture. De toute façon, la circulation était tellement rare dans ce coin rural du Languedoc qu'ils pouvaient surveiller sans inquiétude la progression de la Peugeot conduite par Maître Legrain.

Ils la virent sortir du village et s'engager vers une petite route qui menait vers le château, dont le gardien de la paix avait découvert l'existence grâce à son téléphone portable.

Le commandant sortit une paire de jumelles et put voir maître Legrain sortir de son véhicule et sonner à la porte principale de la demeure féodale ; malgré l'heure matinale, il n'eut guère à attendre et la double porte massive en bois s'ouvrit peu à peu, actionnée par un mécanisme électrique.

Le commissaire-priseur remonta dans sa voiture et pénétra à l'intérieur de la forteresse. Les portes se refermèrent.

– Bon, dit le commandant, première phase de la mission terminée ! On a « logé » l'objectif, on rend compte et on trouve dix litres de café pour nous remettre les neurones en bon état de marche.

– D'accord, répondit André. Mais je te propose de remettre en place le dispositif d'écoute par scanner, je me méfie et je ne suis pas certain qu'il aille tout de suite se reposer. Or je ne veux pas rater un épisode.

– Vous êtes vraiment des robots, à la DST, grommela son collègue de la police judiciaire.

Mais il se rangea au bon sens de son coéquipier et fit démarrer la voiture pour se garer plus près du château, dans un endroit discret qui leur permettait de voir sans être vus.

Ils installèrent leur matériel technique et quelques minutes plus tard, ils purent entendre maître Legrain être accueilli par son hôte, le châtelain d'Arcas.

Ce dernier était en train de proposer au commissaire-priseur d'aller dormir, afin d'être en forme pour la suite de son initiation, prévue dans la fin de l'après-midi.

– Tu es rassuré ? dit le commandant de la PJ.

– Oui, répondit André. Nous allons quand même maintenir la surveillance en attendant, mais pas tous les quatre à la fois. Cécile, que préfères-tu ?

– Un thé, répondit la jeune femme.

– Oui, d'accord, mais maintenant ou dans deux heures ?

– Attends, intervint le commandant de la PJ, elle n'est pas flic ! Laisse-la aller se reposer.

– Mais ça va, dit Cécile, je peux patienter. Allez-y, vous avec votre collègue, et je reste ici avec André. Tout va bien.

Aussitôt dit, aussitôt fait. Les deux policiers de la PJ reprirent la voiture pour se rendre à Limoux où ils pensaient pouvoir trouver un troquet ouvert.

Quant à Cécile et André, ils s'assirent tranquillement sur le sol ; posé devant eux, le scanner ne leur transmettait que le silence du château qui régnait à cette heure matinale.

Pendant ce temps, Maître Legrain s'était allongé dans un lit à baldaquin et avait très rapidement trouvé le sommeil.

Juste avant de sombrer dans les bras de Morphée, il eut une pensée fugitive pour le catalogue de la bibliothèque Richelieu ; grâce à sa persévérance, il avait réussi à identifier le château d'Arcas et, comme dans un rêve, celui-ci était devenu réalité.

Sauf que la réalité allait davantage ressembler à un cauchemar.

21

La journée s'était tranquillement étirée sous le soleil méridional.

Les trois policiers et Cécile avaient tour à tour monté la garde devant le scanner qui n'avait apporté aucun élément nouveau, hormis le réveil du commissaire-priseur en début d'après-midi ; ce dernier s'était restauré, puis le châtelain lui avait confirmé le rendez-vous initiatique pour la fin de l'après-midi.

Pendant que les hommes de la police judiciaire étaient retournés déjeuner à Limoux, Cécile et André contemplaient le paysage majestueux de la campagne du Roussillon, tout en gardant une oreille attentive en direction du scanner.

— Le plus long dans le travail du flic, c'est l'attente, dit André. Des heures pendant lesquelles il ne se passe rien.

— C'est peut-être le calme avant la tempête, rétorqua la jeune femme.

— Tempête sous leurs crânes, à mon avis, répondit le policier. Que veux-tu qu'il se passe ? Comme à Cabriannes, ils vont faire trois ablutions, des simulacres d'initiation puis Legrain va repartir à l'aventure. J'espère qu'il y a moins d'étapes dans leur intromission que dans le Tour de France cycliste, je n'ai pas l'intention de passer plusieurs jours sur cette affaire. Même si ta compagnie est vraiment charmante.

La jeune femme ne fit aucun commentaire sur ce compliment et se contenta de regarder le soleil au zénith.

Quelque temps plus tard, leurs deux équipiers de la PJ étaient de retour et tous ensemble, ils partagèrent l'attente de l'initiation annoncée de Maître Legrain.

Situation curieuse que de voir en pleine nature trois flics et une commissaire-priseur stagiaire en train de patienter pour pouvoir entendre leur cible vivre un moment initiatique.

— Après les molécules du sang du Christ, dit le commandant, je me demande ce qu'ils vont bien pouvoir inventer ce coup-ci.

— Aucune idée, répondit André. Je n'ai jamais suivi de cours de catéchisme et je t'avoue que mes connaissances en symbolique religieuse sont assez sommaires.

— J'ai appelé mon service, ajouta le commandant. Ils ont pisté le premier châtelain et enquêté sur lui, mais ils n'ont rien trouvé d'intéressant. Ou alors tout ceci n'est que fantasme bénin, ou bien ils sont très forts et très discrets.

— Comme toutes les sectes, ajouta le gardien de la paix. Chacun fait ce qu'il veut, encore faut-il que ce ne soit pas dangereux pour soi-même et pour les autres !

Tout à coup, le scanner se mit à grésiller et les voix des occupants du château retentirent dans l'appareil. Le commandant soupira :

– Attention, c'est reparti ! Revoilà le petit Jésus !

o

Comme à Cabriannes, Maître Legrain fut conduit devant le maître de céans avec une certaine solennité ; le nouveau maître ressemblait au précédent, de même que l'ambiance compassée qui régnait dans le château, comme si les membres de la SDR avaient un profil similaire, ce qui pouvait paraître logique.

L'apprenti expliqua alors qu'il avait réussi à identifier le château par sa représentation sur le deuxième tableau et, donc, sa localisation.

Cependant, il ajouta :

– Mais de même que je n'avais pas compris le symbolisme du soleil au zénith représenté sur le premier tableau, je ne saisis pas la signification du capricorne sur cette peinture.

– Ceci est pour... plus tard, répondit le châtelain d'Arcas.

Maître Legrain ne se formalisa pas, une fois encore, de cette réponse elliptique ; de toute façon, il s'était convaincu qu'il devait subir la situation plutôt que de faire preuve de curiosité excessive dans le cadre de ce processus initiatique ; et il était parfaitement convaincu qu'il allait trouver quelque chose de très important au terme de ce chemin abscons. Le châtelain reprit la parole :

– Apprenti, je vais maintenant vous raconter l'histoire de Vlad Tepes.

Toujours placés devant le scanner, les policiers et Cécile ne perdaient pas une miette de la conversation menée au sein du château ; la jeune femme prenait des notes au fur et à mesure, ce qui était inutile aux yeux de ses congénères car la discussion était enregistrée et écoutable à loisir.

Mais Cécile espérait ainsi faire surgir une idée susceptible de mieux faire comprendre la situation bizarre qu'ils étaient en train d'espionner.

– Vlad Tepes ? répéta le commandant de la PJ. C'est qui, celui-là ?

– Je n'en sais rien, rétorqua André.

`– Continuez à écouter le scanner, dit le gardien de la paix, moi je vais chercher sur internet. Il saisit son téléphone portable et se connecta sur le Web.

Il tapa les lettres dans un moteur de recherche et presque instantanément vit apparaître une série de liens ; en lisant le premier de ces liens, la stupéfaction vint sur son visage : *Vlad III l'Empaleur... Néanmoins, en raison de son règne sanglant, Vlad Tepes Dracula a été immortalisé... L'image de la Transylvanie, par le biais de Vlad Tepes, est maintenant...*

Bien que déjà blasé par une dizaine d'années dans la police nationale, le gardien de la paix avait pourtant une voix légèrement altérée lorsqu'il dit :

– Chef ?

– Oui ? répondit le commandant.

– Vlad Tepes...

– Oui, alors, tu as trouvé ?

– Oui, chef. Vlad Tepes, son autre nom, c'est Dracula !

– Tu crois vraiment que c'est le moment de t'amuser ?

– Je ne m'amuse pas, chef. Viens voir toi-même, si tu veux.

Agacé, le commandant s'éloigna du scanner et prit le téléphone portable de son collègue pour en contempler l'écran.

À son tour, il fut tellement surpris qu'il faillit faire tomber dans l'herbe l'appareil téléphonique qui leur révélait cette information délirante.

Puis il se retourna vers Cécile et André :

– Vous avez entendu ? Nous sommes tombés sur une secte d'adorateurs de Dracula !

– Chut, répondit André, toujours à l'écoute du scanner.

La voix du châtelain, légèrement métallique, retentit dans l'appareil posé sur le sol :

– Le marquis Gilles de Chefdemalle était l'heureux propriétaire du château de Cabriannes, que vous connaissez et dont les coordonnées, je vous le précise, sont 44° 11' 00 N 3° 05' 00" E. Si j'insiste sur ces coordonnées, c'est parce que vous devez les noter et les conserver précieusement.

Vous ne savez pas encore pourquoi mais, je vous l'assure, elles vous seront plus tard utiles, très utiles !

Le maître ponctua cet avertissement d'un court silence, comme pour en mieux marquer l'importance, puis reprit son récit :

– Le marquis Gilles de Chefdemalle, lors des tumultes de la Révolution française, avait réussi à dérober la pointe de la Sainte Lance, qui, après avoir séjourné à la Sainte Chapelle, se trouvait momentanément déposée à la Bibliothèque Nationale.

– À la Bibliothèque Nationale ? souligna maître Legrain.

– Oui, dans les mêmes locaux que ceux où vous avez su identifier mon château. Revenons à notre histoire. L'un de vos illustres prédécesseurs dans ce parcours initiatique que vous êtes en train de vivre, avait rendu visite au marquis Gilles de Chefdemalle puis, comme vous, était allé voir le comte Henri d'Ardentaug en son château, dont les coordonnées sont 42° 57' 09" N 2° 22' 09" E. Encore une fois, notez-les, c'est très important !

Le commissaire-priseur s'exécuta puis rangea son calepin dans la poche de sa veste. Le châtelain poursuivit :

— Ces coordonnées, ce sont celles du château d'Arcas, c'est-à-dire ici. Le comte Henri d'Ardentaug, aristocrate bien entendu, était un aventurier, au sens noble du terme. Or, à l'occasion de ses multiples pérégrinations, il était devenu le dépositaire des ossements de Vlad Tepes, après la profanation de sa tombe, au monastère de Snagov, sur une île proche de Bucarest. Nous allons maintenant savoir comment et surtout pourquoi.

À quelques centaines de mètres du château, le suspense savamment entretenu dans le discours du châtelain avait eu l'effet de faire éclater de rire les policiers, maintenant véritablement convaincus qu'ils avaient affaire à des déséquilibrés.

— La police contre Dracula ! s'exclama le gardien de la paix. Saintop ! Tu te vois en train de rédiger le rapport de synthèse pour le patron et le procureur ?

— Non, pas du tout, répondit le commandant en souriant. Bon, ça suffit ! On appelle les infirmiers psychiatriques et on rentre à Toulouse.

— Je reconnais qu'entre Jésus et Dracula, ça commence à faire beaucoup, ajouta André.

— Moi, dit Cécile, je crois qu'ils ne sont pas fous. Mais qu'ils sont vraiment dangereux.

Cet avis féminin et divergent fit l'effet d'une douche froide sur les policiers, qui regardèrent la jeune femme avec le même air contrarié.

– Enfin, Cécile... commença André.

– J'ai l'intuition que ces gens ne plaisantent pas, répondit-elle. Et jusqu'à présent, ce qu'ils ont affirmé est vrai.

– Les ossements de Dracula dans le sud de la France ? Tu plaisantes ?

– Non, pas du tout. Attention, ils reprennent leur initiation. Nous devrions continuer à les écouter.

Effectivement, la voix du châtelain se fit à nouveau entendre. Et ce qu'elle allait dire sur Vlad Tepes n'avait rien d'incohérent. Encore moins de rassurant.

22

– Avez-vous compris, apprenti, qui est Vlad Tepes ? demanda le châtelain d'Arcas.

– Je n'en suis pas certain, répondit maître Legrain.

– Vous connaissez le mythe des vampires ?

– Oui, comme tout le monde, j'en connais la légende. Ce sont des créatures monstrueuses qui boivent le sang des vivants et qui ne peuvent mourir que par un pieu enfoncé dans le cœur.

– Bravo, apprenti ! Le plus célèbre d'entre eux est Draculea, surnom du cruel Vlad III l'Empaleur. Vous le saviez, naturellement ?

– Enfin... oui, bien entendu ; mais je ne m'étais jamais vraiment intéressé à cette question.

– Eh bien, il est temps de le faire, mais soyez sans crainte ! Laissez-moi vous conter cette histoire, car elle a une grande importance dans le parcours initiatique que vous êtes en train de vivre.

– Je vous écoute.

– Parfait ! Savez-vous ce que signifie le terme slave voïvode ?

– Aucune idée.

– C'est le commandant d'une région militaire, fonction qu'exerçait Vlad III Tepes ; il était surnommé également fils du diable (ou du dragon) par les chroniqueurs du XVe siècle car sa famille appartenait à l'Ordre du Dragon, lui-même issu de l'Ordre Secret du Dragon de saint Georges, créé par un chevalier serbe au XIVe siècle pour lutter contre le sultan ottoman.

– Je vous suis.

– En 1431, le roi de Hongrie, Sigismond, créateur de l'Ordre, voulut augmenter son emprise et permit à de nombreux vassaux et nobles d'en être membres. Un de ces nouveaux adeptes fut Vlad Dracul, le père de Vlad l'Empaleur, un voïvode qui gardait la frontière entre la Transylvanie et la Valachie. Son surnom de Dracul (qui signifie dragon en roumain) fait justement allusion à son entrée dans l'Ordre du Dragon.

– C'est-à-dire ?

– Dans la langue roumaine, *dracul* se traduit directement par le dragon ou le diable et dans diverses langues européennes, les mots qui désignent le dragon et le diable ont la même origine. La légende veut que, voulant défendre les Carpates contre les Turcs, Vlad Tepes aurait conclu lors de son ultime bataille un pacte avec les forces du mal. C'est à cette occasion qu'il serait devenu un vampire, mot qui signifie le diable en roumain et vampire en moldave. Quant au blason des Draculea, dont le nom latin est *Draco-Onis*, il représente un dragon, animal totémique et mythique de cette famille.

– Son entrée dans l'Ordre Secret du Dragon paraissait donc parfaitement logique et légitime.

– Oui, répondit le châtelain d'Arcas en riant, il avait un nom prédisposé pour cette confrérie ! Mais pas seulement le patronyme, il possédait aussi la férocité nécessaire. Même pour l'époque, Vlad Tepes apparaissait comme une brute qui aimait semer partout le sang, le feu et la mort. Il avait la réputation de boire le sang de ses victimes, après les avoir tuées d'une façon horrible, par exemple par le pal : un pieu, enfoncé de préférence dans l'anus des hommes ou le vagin des femmes, et qui ressortait par la bouche. La proie humaine ainsi empalée restait là plusieurs jours jusqu'au pourrissement, pour la grande édification de ceux qui restaient vivants. Vlad Tepes aurait tué ainsi plusieurs dizaines, voire centaines de milliers de personnes.

– Charmant personnage... souffla maître Legrain, aussi impressionné par la description épouvantable que par le ton caverneux et théâtral de son hôte d'Arcas.

– Personne ne lui demandait d'être aimable, rétorqua le châtelain. Quoi qu'il en soit, grâce à ses méthodes brutales mais efficaces, il devint pour la troisième fois prince de Valachie en 1476. Malheureusement, au mois de décembre de cette même année, il fut assassiné puis décapité. Sa tête fut envoyée au sultan victorieux, qui la planta sur un pieu afin de prouver à tous la mort de son ennemi juré Vlad Tepes.

– Juste punition, dit le commissaire-priseur.

– Peu importe ! Selon la légende, le reste du corps aurait été enterré au monastère de Snagov, situé sur une île à proximité de Bucarest. Mais des recherches archéologiques ultérieures n'ont pas permis de découvrir autre chose que des ossements de chevaux datant du néolithique. La preuve était faite que le cadavre de Vlad Tepes était ailleurs...

– Je me souviens ! s'exclama maître Legrain. Votre ancêtre, le comte Henri d'Ardentaug, dont vous m'avez parlé tout à l'heure, cet aventurier qui a profané la tombe du monastère de Snagov ! Il a rapporté ici, dans son château d'Arcas, les ossements de Dracula.

– Eh oui, voilà tout simplement la vérité, apprenti.

– Mais quel rapport existe-t-il avec mon initiation ?

– Patience, mon ami, patience ! Qui croit au diable croit à l'église. Apparut alors un autre personnage étrange qui vint en ces lieux rencontrer mon aïeul ; il s'agissait du prêtre Antoine Bigorre.

– Un prêtre ? s'étonna le commissaire-priseur.

– Oui, mais peu importe, répondit le châtelain. Retenez bien le nom de cet ecclésiastique à la recherche du squelette de Dracula.

– Et que voulait-il exactement ? Qu'a-t-il demandé au comte d'Ardentaug ? Quel était le secret à percer ?

– Il est encore trop tôt pour vous le dire, apprenti. Et il n'est plus temps de vous parler, il s'agit maintenant de vous initier à l'étape suivante. Êtes-vous prêt ?

– Oui, je le suis.

– Alors, suivez-moi.

o

Toujours branchés à l'écoute du scanner, les policiers et Cécile n'avaient pas perdu une seconde de cet étonnant cours presque professoral.

Surtout, l'hilarité du début avait cédé la place à une sorte de gêne : outre l'intuition alarmiste de la jeune femme, le ton employé par le châtelain dans son récit avait peu à peu créé une ambiance à la fois fantastique et réaliste, qui générait un malaise indéniable.

Ils restèrent absolument silencieux, attentifs à la suite des événements en train de se dérouler à l'intérieur du château d'Arcas ; la façade austère de l'édifice semblait brutalement plus pesante et menaçante depuis qu'elle apparaissait comme étant le véritable tombeau de Dracula.

23

Le châtelain se leva et, d'un geste de la main, invita maître Legrain à en faire de même ; puis il conduisit l'apprenti dans une autre pièce du château, qui baignait dans l'obscurité.

Là, il alluma une simple bougie dont la lueur faible et dansante révéla la présence d'un cercueil en pierre.

– Aidez-moi à soulever le couvercle du cercueil, dit le châtelain sur un ton autoritaire.

Ils purent alors voir, allongé dans le cercueil, un squelette complet et en parfait état de conservation. Le commissaire-priseur s'attendait à une telle découverte macabre mais fut néanmoins impressionné. Le maître tendit la main vers la dépouille et ordonna à l'apprenti :

– Choisissez.

Après une courte hésitation, Maître Legrain indiqua le crâne. Le maître s'en saisit, le sortit du cercueil et le posa sur une petite table.

Maître Legrain avait naturellement l'impression de revivre le même rituel qu'à Cabriannes mais dans un contexte symbolique différent et davantage émouvant ; de plus, le récit du châtelain sur Dracula l'avait conditionné d'une façon particulière et il ressentait cette nouvelle cérémonie initiatique encore plus intensément que la première. Toujours silencieux, le maître décolla, à l'aide d'un ciseau et d'un maillet, du haut du crâne un minuscule éclat qu'il transmit solennellement à l'apprenti ; puis il invita son disciple à broyer avec un pilon et un mortier le fragment, jusqu'à le réduire en poudre fine.

Lorsque le commissaire-priseur eut obtenu ce résultat, le châtelain introduisit précautionneusement cette infime quantité de poussière dans une petite ampoule de verre, qu'il scella par le feu d'un bec Bunsen, de la même façon que le maître du château de Cabriannes, gardien de la pointe de la Sainte Lance.

Il tendit l'ampoule à Maître Legrain en lui disant :
– Gardez-la avec vous !

Le châtelain replaça ensuite le crâne à sa place et, aidé par l'apprenti, reposa le couvercle sur le cercueil.

Puis il se dirigea vers l'un des murs de la pièce sombre et en décrocha un tableau, qu'il tendit à Maître Legrain.

– Voilà pour vous.

En raison de l'obscurité, le commissaire-priseur ne put découvrir immédiatement ce que représentait ce troisième tableau ; mais il n'eut guère à patienter, la cérémonie semblait terminée et le châtelain l'invita à revenir dans le bureau où il l'avait reçu initialement.

Alors, Maître Legrain put contempler la toile.

Sur le côté droit, se trouvait une fois encore un château caractéristique, mais différent des précédents et, disséminés dans le champ sur la gauche du tableau, divers personnages.

Le commissaire-priseur penserait plus tard à les compter et en trouvera dix-sept.

Mais pour l'heure, il se remettait à peine de sa nouvelle initiation ; encore eut-il tout juste le temps de reprendre ses esprits que le châtelain lui dit :

– Il est temps pour vous, compagnon, de poursuivre votre quête.

º

Le quasi-silence de la cérémonie initiatique n'avait pas permis à Cécile et aux policiers en planque d'assister, même à distance, à la meilleure part de ce qui venait de se passer.

Il leur manquait par conséquent des éléments importants pour comprendre la situation ; mais ils devinaient d'ores et déjà que l'histoire était loin d'être finie et qu'ils n'étaient pas au bout de leurs surprises.

Le gardien de la paix ricana :

– En avant pour le bal des vampires !

– Oui, tu as raison, répondit André Ormus. Nous rangeons le matériel d'écoute et nous nous préparons à partir.

– La prochaine fois, nous aurons droit à une soucoupe volante ? demanda le commandant de la PJ.

– Aucune idée, répondit le policier de la DST. C'est cela le charme des enquêtes, après tout : on ne sait jamais où l'on va mettre les pieds et quand c'est parti, il est déjà trop tard pour reculer. Allez, on reste calmes et on continue à suivre notre bonhomme. Nous finirons bien par comprendre où ils veulent en venir.

Les coéquipiers d'André Ormus ne purent qu'acquiescer à cette analyse pleine de bon sens d'une situation plus qu'insolite.

Et ils avaient raison de persévérer, leur conscience professionnelle allait leur offrir plus qu'ils n'auraient pu l'imaginer.

24

La nuit tombait sur le Languedoc.

Une atmosphère détendue baignait cette région méditerranéenne, comme si la vive lumière solaire du jour savait laisser la place au calme nocturne.

Après avoir salué son hôte, Maître Legrain monta dans sa voiture et quitta le château d'Arcas.

Le châtelain lui avait conseillé d'aller dormir dans un hôtel de Nîmes et le commissaire-priseur avait décidé de suivre ce conseil, ne doutant pas qu'il s'agissait d'un indice utile dans sa recherche du troisième château et par là même la poursuite de sa quête initiatique.

À Carcassonne, il rejoignit l'autoroute et roula tranquillement les deux cents kilomètres qui le séparaient de sa destination nîmoise, où il avait pris le soin de réserver une chambre par téléphone.

Tout à ses pensées, il ne se doutait pas qu'il continuait à être suivi par l'équipe des policiers toulousains agrémentée de la commissaire-priseur stagiaire.

Deux heures plus tard, il arrivait à Nîmes.

Grâce à son GPS, il trouva rapidement son hôtel ; il fit monter dans sa chambre une collation car les événements qu'il avait vécus ne le poussaient pas vers la gastronomie.

Enfin, il déballa précieusement le troisième tableau rangé dans sa valise et le scruta pour comprendre ce que la SDR attendait de lui.

Il compta les personnages, au nombre de dix-sept, tous diversement accoutrés mais ce chiffre ne lui apprit rien dans l'immédiat.

Maître Legrain, un peu fatigué, ferma les yeux un instant puis se replongea dans la contemplation de la toile et du mystérieux château qu'il devait identifier.

o

– Voilà les pizzas ! s'exclama joyeusement le gardien de la paix en pénétrant dans l'une des chambres qu'ils avaient réservées à leur arrivée dans l'hôtel, sur les talons du commissaire-priseur.

– Chut ! dit le commandant de la PJ. Ne parle pas trop fort, ne prenons pas le moindre risque d'attirer son attention.

Tu as raison, ajouta André Ormus. Allez, dînons avec ces ô combien magnifiques pizzas et faisons le point sur notre enquête.

Cécile ne put s'empêcher de sourire en se voyant partager une spécialité italienne dans un hôtel nîmois, en compagnie de trois policiers et à la poursuite d'un admirateur de Dracula.

Elle savait certes que le métier de marchand d'objets d'art pouvait parfois créer des situations extraordinaires mais à ce point ! Tout juste stagiaire, elle vivait une aventure qu'elle n'aurait jamais osé imaginer pendant ses années d'études.

En outre, elle commençait à se sentir attirée par le capitaine de la DST, non seulement parce qu'il partageait les mêmes valeurs maçonniques qu'elle, mais aussi en raison d'un trouble beaucoup plus personnel et sentimental.

Elle balaya dans l'immédiat ces pensées et saisit l'assiette que lui tendait André. Elle remarqua son sourire, comme s'il avait compris ce qu'elle avait dans la tête.

Ce manège discret échappa aux deux policiers de la PJ et le commandant, qui avait allégrement entamé sa part de pizza, prit la parole :

— Je ne sais pas quelle est votre opinion sur cette affaire. Pour ma part, je suis plus que dubitatif ! Est-ce que tout ceci est bien sérieux ?

— Les histoires de sectes ressemblent toujours à cela, répondit son collègue gardien de la paix. Un aspect carnavalesque et en même temps des tragédies humaines.

— Oui, renchérit Cécile, n'oublions pas que vous devez résoudre l'énigme des deux cadavres toulousains. Nous ne sommes pas uniquement dans du pittoresque un peu risible.

— C'est tout à fait exact, approuva le commandant. Alors continuons à suivre de près notre cible et ne nous amusons pas à le laisser filer. D'ailleurs, il faut mettre en place tout de suite un tour de garde ; je n'ai pas envie qu'il parte dans la nuit et que nous perdions bêtement sa trace.

– Je peux aller placer une balise électronique sous son véhicule, proposa le gardien de la paix.

– Non, refusa le commandant. Ne prenons pas le moindre risque qu'il la trouve et comprenne qu'il est suivi.

– D'accord avec toi, dit André Ormus.

Les trois policiers se répartirent les horaires de la surveillance nocturne puis chacun rejoignit sa chambre pour aller dormir, hormis le commandant qui avait proposé de prendre la première vacation et alla s'installer dans le couloir, à proximité de la pièce où dormait maître Legrain.

L'hôtelier leur avait indiqué le numéro de sa chambre sans rechigner lorsqu'il avait vu leurs cartes professionnelles.

– Une fois de plus, pensa le commandant, il faut attendre.

Il s'installa confortablement sur un fauteuil du palier et tout en restant attentif à la porte qu'il surveillait, laissait vagabonder ses pensées, loin, très loin des enquêtes de la police judiciaire.

Cette sage précaution montrait la conscience professionnelle des policiers mais en réalité était inutile, car maître Legrain avait l'intention de passer la nuit dans sa chambre d'hôtel.

Par contre, il ne dormait pas et grâce à son ordinateur portable branché sur Internet, il continuait à chercher la localisation du troisième château.

Car sa progression initiatique au sein de la SDR primait sur toute autre préoccupation.

Ses premières requêtes via divers moteurs de recherche furent désespérément vaines ; les yeux rivés sur l'écran de son ordinateur, il faisait défiler les pages Web sans arriver à déterminer quel était le château représenté sur le troisième tableau.

Alors qu'il commençait à être gagné par le découragement, il eut l'idée de lancer une nouvelle demande en ajoutant le chiffre « 17 » et le mot-clef « personnages » ; la chance lui sourit et il vit apparaître la photographie d'un château qui ressemblait comme deux gouttes d'eau à celui représenté sur le tableau.

– L'histoire peut continuer, soupira-t-il.

Il nota précautionneusement sur son agenda le nom du château inscrit sur la page virtuelle : Bellegardiole, à une trentaine de kilomètres de Nîmes (43° 45' 19" N 4° 30' 46" E).

Puis il déplia sur la table de sa chambre d'hôtel une carte routière, sur laquelle il avait déjà indiqué au feutre rouge l'emplacement des deux premiers châteaux, Cabriannes et Arcas ; il marqua de façon identique celui de Bellegardiole.

Ce triangle a certainement une importance capitale, pensa-t-il. Mais je n'arrive pas à comprendre ce qu'elle signifie. Pourtant, je commence à voir la façon dont ils fonctionnent et veulent me faire progresser dans ce jeu de pistes initiatique. De toute façon, ce n'est certainement pas le moment d'y réfléchir ; je dois d'abord me rendre dans ce château et dans l'immédiat, je suis fatigué, il faut que je dorme.

Il rangea ses affaires et à peine couché, trouva le sommeil. Un sommeil profond et réparateur mais qui ne lui appartenait plus tout à fait car son cerveau endormi était traversé par les ombres de la SDR : l'apprenti Legrain, devenu compagnon, avait progressé dans un chemin sans retour possible.

25

Le lendemain matin, le départ de filature s'était effectué sans la moindre anicroche : Maître Legrain avait quitté l'hôtel nîmois vers huit heures et repris aussitôt la route vers le château de Bellegardiole, sans comprendre qu'il était suivi.

Le commandant de la PJ conduisait, en s'appliquant à garder une bonne distance de la Peugeot du commissaire-priseur.

Assis à côté, André Ormus consulta la messagerie de son téléphone portable et eut la bonne surprise d'entendre un message :

– C'est la DST de Paris ! Ils ont envoyé quelqu'un à la bibliothèque Richelieu, un spécialiste des manuscrits anciens.

– Ah, très bien, répondit son collègue de la police judiciaire. Et alors ? Des précisions utiles pour notre enquête ?

– Attends, j'écoute la fin du message. Donc c'est bien un manuel alchimiste du XIIIe siècle. Le sujet de cet incunable est l'immortalité !

– Bah, pourquoi pas, au point où nous en sommes.

– Ils me proposent de les rappeler si je veux davantage de précisions, mais a priori ils n'ont pas grand-chose d'autre qui puisse être utile à nos investigations actuelles. C'est juste une tendance thématique, me précisent-ils.

– J'aime bien l'expression. Bref, on a affaire à des types un peu dingues qui pratiquent le culte de Dracula pour devenir immortels, si je comprends bien le problème, conclut le commandant de la PJ.

– On peut le dire ainsi, ajouta André Ormus. Attention, j'ai l'impression qu'il est en train de ralentir, ne t'approche pas trop près.

– Regardez, dit Cécile, assise sur la banquette arrière à côté du gardien de la paix, on voit un château à l'horizon !

– C'est le même genre que les deux premiers, remarqua André. Plutôt moyenâgeux, avec peut-être un petit côté Renaissance.

– Attendons de voir s'il se rend bien là, puis nous nous arrêtons et même topo que d'habitude, nous branchons le scanner et nous tendons l'oreille, proposa logiquement le commandant de la PJ.

Ce dernier avait vu juste : la voiture de Maître Legrain s'engagea dans une splendide allée arborée qui menait devant l'entrée principale du château majestueux de Bellegardiole.

Comme celui de Cabriannes, c'était une bâtisse moyenâgeuse à quatre tours et aux façades massives dont les pierres blanches ne laissaient apparaître que quelques meurtrières, souvenirs de combats passés.

Sur le perron l'attendait le propriétaire des lieux, Alfred Bigorre.

Lui aussi ressemblait aux autres châtelains encore que quelque chose d'indéfinissable dans son allure et sa façon affectée de recevoir le commissaire-priseur faisait ressentir une importance plus grande de ce troisième personnage. Il accueillit chaleureusement le commissaire-priseur qui descendait de sa voiture et le conduisit aussitôt à l'intérieur de la demeure seigneuriale.

Gardant une distance de sécurité nécessaire, les policiers arrêtèrent leur véhicule et installèrent leur matériel d'écoute au pied d'un vieux chêne et une fois de plus, essayèrent de percer les secrets de la mystérieuse SDR.

Alfred Bigorre fit asseoir Maître Legrain dans son bureau, selon le même cérémonial que les deux châtelains précédents, puis lui demanda :

– Comment vous sentez-vous, compagnon ?

– Une impression étrange... à la fois plus fort et plein de doutes.

– C'est tout à fait normal. Mais laissons de côté les états d'âme et allons à l'essentiel : donnez-moi les deux fioles obtenues lors de vos initiations antérieures.

– Les voici, Maître.

– Fort bien, fort bien.

Alfred Bigorre prit avec précaution les deux fioles et les rangea dans un coffret recouvert de velours rouge posé sur son bureau.

Puis il se tourna vers le compagnon et commença à lui raconter la suite de l'histoire :

– L'un de mes aïeux, Antoine Bigorre (1739-1814) était un humble curé d'une paroisse rurale dans le diocèse de Nîmes, tout près d'ici. Or, cet obscur homme d'église avait une passion secrète : les sciences occultes et, plus particulièrement tout ce qui touche à la magie, l'alchimie, voire la nécromancie. Fréquentant fréquemment le milieu ésotérique d'Aix-en-Provence (en particulier la Société Rosicrucienne d'Arès), il apprit, par le plus grand des hasards, lors d'une discussion nocturne, que la famille de Beauséjour, propriétaire du château de Bellegardiole, celui-là même où nous sommes, possédait un fond de bibliothèque particulièrement bien documenté sur ces sciences occultes : connaissances, savoirs, pratiques, etc. Poussé par sa passion, il entreprit de nombreuses démarches et finalement réussit à être nommé aumônier et confesseur attitré de cette famille.

– Il était fréquent à cette époque que les curés se passionnent pour l'ésotérisme, remarqua maître Legrain.

– Oui, tout à fait, en soi l'histoire d'Antoine Bigorre n'a rien de vraiment original. Mais écoutez la suite.

– Je reste attentif.

– Je n'en doute pas. Le petit curé consacrait donc ses journées à ses fonctions sacerdotales ; mais il passait toutes ses nuits à compulser discrètement les ouvrages occultistes de la bibliothèque. Et un jour, il tomba sur un petit opuscule, les « statuts secrets » de Maître Roncelin. Il ne s'agissait que de quelques feuillets manuscrits, quatre pages de graffiti sans grand intérêt. Néanmoins, ce document se terminait par deux phrases énigmatiques qui attirèrent l'attention de notre curé :

ACCIPE CUM LONGIS ET DAEMONIS FILIO ID QUOD EX OMNIBUS INFLUIT. ANIMAE IMMORTALES ET UNANIMAE FIENT.

o

– Qui parle latin parmi nous ? demanda le commandant de la PJ.

– Moi, répondit Cécile.

– Ne vous fatiguez pas, ajouta André, je pense qu'il va traduire. Patience. Le policier de la DST avait raison, le scanner se remit à transmettre la voix d'Alfred Bigorre :

– Comme tous les prêtres, mon ancêtre Antoine Bigorre était un fin latiniste et n'eut pas beaucoup de difficulté à traduire ces deux phrases, qui signifiaient littéralement :

REÇOIS LE FLUIDE DE TOUS AVEC LONGIS ET LE FILS DU DÉMON : LES ÂMES SERONT IMMORTELLES ET NE FERONT QU'UN.

– Éclairant, n'est-ce pas ?

– Pas vraiment, en réalité, répondit maître Legrain. À première vue, je ne comprends pas à quoi il est fait allusion.

– Ne vous inquiétez pas, il en fut de même pour Antoine Bigorre qui dut consacrer des mois et des mois de recherches et de réflexions avant d'arriver à résoudre l'énigme.

– Et vous en connaissez le sens, naturellement.

– Bien évidemment. Un sens en quatre niveaux, en vérité : Le fluide en question est le sang ; Longis est la lance qui a percé le corps du Christ ; Le Fils du Démon n'est autre que la traduction en Moldave de Dracula (Vlad Tepes). Et il faut mélanger ces trois ingrédients puis se les injecter.

– Une drogue ? interrogea maître Legrain.

– Plutôt une sorte de philtre. Quoi qu'il en soit, mon aïeul n'eut alors qu'un seul objectif : retrouver les deux reliques qui lui manquaient, avec l'aide de la Société Rosicrucienne d'Arès. À force de persévérance, il parvint à entrer en contact avec le marquis Gilles de Chefdemalle en son château de Cabriannes.

– Je connais.

– Je sais ! Le marquis avait réussi à voler pendant la Révolution française la pointe de la Sainte Lance, qui, après avoir séjourné à la Sainte Chapelle, se trouvait momentanément déposée à la Bibliothèque Nationale. Fort de ce premier succès, Antoine Bigorre rencontra ensuite le comte Henri d'Ardentaug en son château d'Arcas. Cet aristocrate aventurier était devenu le dépositaire des ossements de Vlad Tepes, après la profanation de sa tombe au monastère de Snagov. Là encore, vous connaissez l'histoire puisque vous arrivez directement du château d'Arcas.

– Tout à fait.

– Je continue mon récit. Entre-temps, Antoine Bigorre avait beaucoup fait pour le comte et la comtesse de Beau-séjour ; à tel point qu'à leur décès, en 1832, comme le couple d'aristocrates n'avait pas de descendants, le petit curé devint leur légataire universel, héritant par là même du château de Bellegardiole, avec l'appui pécuniaire du Vatican.

– Propriété qui n'a jamais ensuite quitté votre famille, précisa le commissaire-priseur.

– Effectivement. Et c'est ici que le 17 janvier 1833, nos trois partenaires se retrouvèrent en secret, pour pratiquer le rituel que leur dictait le fameux document de Maître Roncelin.

– Ils ont osé !

– Mais oui, bien entendu. Et voici comment ils procédèrent : ils frappèrent et martelèrent la pointe de la Sainte Lance jusqu'à obtenir un éclat. Puis ils broyèrent cet éclat dans un mortier afin de le réduire en poudre. Ensuite ils retirèrent une dent du crâne de Vlad Tepes et, toujours à l'aide du pilon, la réduisirent à son tour en fine poussière. Enfin, se tailladant tous les trois le poignet, ils récupérèrent quelques gouttes de leur propre sang ; et pour terminer, ils mélangèrent le tout dans un simple flacon d'émeraude. Est-ce que cette cérémonie vous rappelle quelque chose, compagnon ?

26

Maître Legrain répondit d'une voix légèrement altérée :

— Si, évidemment. Mais êtes-vous en train de me dire...

— Chut, compagnon ! Ne cherchez pas à en savoir davantage, vous en connaissez suffisamment pour le moment. Et si vous l'acceptez, il est temps de passer au troisième rituel, celui du sang ! Le voulez-vous, compagnon ?

— Je... Je vous fais confiance, Maître.

— Très bien, je ne doutais pas de la force de vos convictions. Alors suivez-moi.

Alfred Bigorre entraîna le commissaire-priseur dans une autre pièce qui ressemblait vaguement à un laboratoire, avec du mobilier carrelé de blanc et des éviers.

— C'est en 1628, dit le châtelain, que fut découverte la circulation sanguine ; ceci donna lieu à une mode des « infusions », c'est-à-dire des injections intraveineuses ; cette mode cessa avec une sentence du Châtelet de Paris, qui interdit le 10 janvier 1670 *à tous médecins et chirurgiens d'exercer la transfusion du sang, sous peine de punition corporelle* ; un essai thérapeutique de transfusion du sang d'un veau à un homme atteint de folie se termina par la mort du patient, mettant fin à la transfusion sanguine comme remède à la mélancolie ; en outre, il s'agissait là de xénotransfusion, c'est-à-dire de transfusion entre deux espèces différentes, un homme et un bovin. Vous vous demandez pourquoi je vous raconte cet historique ?

– Un peu, oui, répondit maître Legrain.

– Pour la bonne raison que la transfusion que vous allez maintenant subir se fera « à l'ancienne », si vous me permettez l'expression. Avec ceci.

Le châtelain sortit d'un tiroir une seringue, constituée d'un cylindre creux en argent qui se finissait par un tuyau plus petit et plus court.

Puis il se dirigea lentement vers un coffre métallique encastré dans le mur ; il l'ouvrit en composant une combinaison sur un clavier électronique puis sortit avec une certaine solennité un flacon de sang qu'il posa doucement à côté de la seringue. Ensuite, il regarda droit dans les yeux le commissaire-priseur et lui dit :

– Cette fiole contient le mélange du sang des membres de la Société du Dragon Rouge. Comprenez-vous ce que cela signifie ?

– Je l'imagine... mais êtes-vous en train de me dire qu'une injection de ce sang mêlé rend immortel ?

– Allons, nous ne sommes pas en train de nous amuser, mon cher. Ce n'est pas un jeu ! L'enveloppe matérielle de l'être humain ne peut pas être éternelle, ne rêvez pas !

– Alors je ne comprends pas le sens.

– Soyez patient et prolongez votre quête avec nous, compagnon. Votre chemin a bien avancé, vous êtes tout près de réussir. Mais il ne faut pas rester en ces lieux.

– Pourquoi ? demanda maître Legrain.

– C'est ainsi. Nos routes vont momentanément se séparer mais j'espère que nous nous retrouverons très bientôt.

Alfred Bigorre reprit dans sa main le flacon de sang ; il le rangea dans un étui en cuir qu'il glissa à son tour dans une poche intérieure de sa veste.

Puis il reprit la parole :

– À vous désormais de trouver le lieu et la date du rendez-vous final ! Vous avez déjà réalisé l'essentiel et je suis certain désormais que vous ferez bientôt partie du cercle privilégié des membres de la Société du Dragon Rouge. Vous en mesurerez les immenses avantages et, oui, vous connaîtrez une forme d'immortalité.

– Je veux bien vous croire, répondit le commissaire-priseur. Mais vous ne pouvez m'en dire davantage ?

– Non, pas maintenant. Vous devez seul franchir l'ultime étape avant de devenir l'un des maîtres de la Société du Dragon Rouge. Le châtelain sortit de sa poche un trousseau de clefs et les tendit au compagnon :

– Laissez ici votre véhicule et prenez l'une des

voitures qui se trouvent dans le garage à l'arrière du château. Et commencez immédiatement à chercher la dernière porte de votre initiation. Soyez prudent et discret, ce que nous vous faisons vivre ne doit en aucun cas être connu des profanes. Il s'agit là d'un véritable secret, qui dépasse l'entendement commun. Allez, compagnon ; à très bientôt dans l'autre dimension.

Alfred Bigorre termina sur ces mots cette discussion et d'un geste de la main indiqua à Maître Legrain la direction du garage où il devait emprunter une voiture.

Lorsque ce dernier fut sorti de la pièce, le châtelain ne put retenir un sourire satisfait ; il rangea la seringue dans une petite mallette en cuir noir puis se dirigea lui aussi vers la nouvelle destination, qu'il avait l'avantage de connaître déjà. Mais il ne doutait pas un seul instant de la capacité du commissaire-priseur à trouver le terme de cette initiation vraiment particulière.

o

– Panique à bord ! s'exclama le commandant de la PJ. Comme les vrais voyous, ils ont une sortie de secours. Nous remballons le matériel et nous fonçons ! Sinon nous allons les perdre, ce serait trop stupide !

Personne ne songea à discuter une telle évidence et quelques minutes après, la voiture des enquêteurs démarrait sur les chapeaux de roues.

Mais comme il leur était évidemment impossible de traverser le parc du château sans risquer d'attirer l'attention, ils durent se lancer sur de petites routes vicinales pour essayer de contourner la propriété et recoller au véhicule du commissaire-priseur.

Tenant fermement le volant entre ses mains, le commandant de la PJ ne cessait de pester :

– Je sens que nous allons le paumer ! Il a trop d'avance, nous perdons du temps.

– Nous aurions dû mettre une balise, hasarda le gardien de la paix.

– Mais non ! Cela n'aurait servi à rien ! rétorqua son collègue. Comment aurions-nous pu prévoir qu'il allait utiliser une autre voiture ?

De colère, le commandant accéléra rageusement mais l'étroitesse et les virages de la chaussée eurent vite fait de le calmer.

Enfin, après dix minutes de méandres boisés, ils parvinrent à une route certes plus large mais qui avait à leurs yeux un grand défaut : elle était absolument déserte.

Maître Legrain leur avait faussé compagnie.

27

Perdre l'objectif est la pire chose qui puisse arriver à ceux qui mènent une traque policière.

Décontenancée, l'équipe d'enquêteurs décida de s'arrêter sur un chemin de terre pour faire le point. Ils sortirent de la voiture et déplièrent une carte routière sur le capot.

— Où ce bougre de commissaire-priseur a-t-il bien pu se rendre ? grommela le commandant de la PJ.

— En Roumanie ? suggéra le gardien de la paix. C'est le pays de Dracula.

— Et pourquoi pas à Jérusalem ? se moqua son collègue de la PJ. Pour trouver d'autres molécules du sang du Christ, ça serait drôlement original, non ?

— Bon, ne vous énervez pas, dit le capitaine de la DST. Reprenons depuis le début. André Ormus sortit un crayon de sa poche et indiqua sur la carte routière les trois premières destinations de Maître Legrain : Cabriannes, Arcas et Bellegardiole.

— Voilà le parcours jusqu'à présent. Maintenant, réfléchissons sur une destination logique.

— Regarde, dit Cécile, nous pouvons imaginer un triangle.

André sourit en entendant cette allusion à un symbole maçonnique important et décida de suivre la proposition de la jeune femme en traçant avec son crayon un triangle formé par ces trois points géographiques.

Puis il relia le milieu de chaque côté du triangle au sommet opposé. L'intersection des trois droites ainsi obtenues lui donna le centre de la figure géométrique ; alors tous se penchèrent dans le même mouvement fébrile sur le point ainsi découvert :

– Le lac du Mage, sur la commune de Magdelain. Qu'en dites-vous ? demanda André Ormus.

– Pourquoi pas ? répondit son collègue de la police judiciaire. De toute façon, depuis le début de cette enquête, nous baignons dans le symbolisme de pacotille, donc ce que tu nous proposes comme destination est sans doute quelque chose qui a dû leur plaire. Allez, hop, en voiture !

Le commandant passa le volant au gardien de la paix et s'assit à l'avant du véhicule ; Cécile et André se retrouvèrent par conséquent, et avec un plaisir non dissimulé, côte à côte sur la banquette arrière. La voiture démarra en souplesse ; tout au long du trajet, les passagers restèrent silencieux car ils étaient concentrés sur l'objectif essentiel : retrouver la trace de Maître Legrain.

Une heure trente plus tard, ils roulaient sur une petite route aux bas-côtés verdoyants qui grimpait vers le sommet d'une colline ; là, ils se mirent à redescendre vers la vallée au centre de laquelle ils purent enfin apercevoir le lac du Mage.

Le gardien arrêta le moteur ; le commandant sortit une paire de jumelles du vide-poches et se mit à scruter les berges de la pièce d'eau ; très vite, il laissa échapper un juron, faisant ainsi comprendre à ses coéquipiers qu'ils avaient fait chou blanc : Maître Legrain n'était pas un adepte des recherches ésotériques aquatiques et restait invisible. Les jumelles ne permettaient de contempler que quelques canards paisibles qui surnageaient à la surface du lac.

– Je suis un peu découragé, là, conclut le commandant.

– Tu ne voudrais pas qu'on se rapproche du lac pour bien vérifier qu'il n'est pas là ? demanda le gardien de la paix.

– Non, laissez tomber, des années de filatures, je connais mon job. L'oiseau n'est pas là !

– Nous pouvons essayer de le localiser par une recherche satellitaire de son téléphone portable, suggéra le gardien de la paix.

– Éventuellement, lui répondit son collègue de la police judiciaire. Mais le temps que nous ayons la réponse, il sera déjà loin et nous aurons probablement loupé un épisode important.

– Repasse-moi la carte routière, demanda André, j'ai peut-être une idée.

Le policier de la DST avait repensé à la suggestion triangulaire de Cécile qui les avait conduits inutilement en cet endroit et se dit que si le centre avait été effectivement la bonne solution, le triangle géographique aurait été équilatéral.

Or, ce triangle des trois châteaux était en réalité rectangulaire, ce qui logiquement, en tant que franc-maçon, lui faisait songer au quatrième pilier : le pilier noir, invisible, caché.

Sans faire part à haute voix de ses déductions inspirées par la pratique du symbolisme maçonnique, il déplia la carte en la maintenant avec ses mains sur le capot de la voiture, car le vent de l'arrière-pays méditerranéen menaçait à tout instant de la faire s'envoler ; puis il posa son regard sur un point imaginaire et pourtant plausible et dit :

– Je vous suggère une autre piste, pas totalement différente de celle que nous venons de suivre car elle nous conduira elle aussi les pieds dans l'eau ; mais il s'agit d'un lac un peu plus grand que celui-ci puisqu'il s'agit tout simplement de la Méditerranée...

Un bref silence suivit cette nouvelle proposition puis naturellement les questions fusèrent :

– Qu'est-ce qui te permet de... demanda Cécile.

– Oui, elle a raison, ajouta le commandant. Sois plus convaincant et explicatif, nous n'allons pas passer notre temps sur les routes à suivre des intuitions !

– Difficile à expliquer, mais faites-moi confiance, cela me paraît logique.

– Bon, comme tu veux, répondit son collègue. Après tout, nous sommes en mission extérieure, aller voir la Méditerranée ou le lac Léman, je m'en moque. Mais où exactement ?

– Ça y est, je comprends ! s'exclama Cécile qui avait regardé la carte à son tour. Les points un, deux et trois ne délimitent pas seulement un triangle mais un rectangle dont il faut trouver le quatrième sommet.

– C'est exactement cela, approuva André. Maintenant, il faut trouver précisément le véritable quatrième point.

– Triangle, carré, cercle ou ligne parallèle, je m'en fiche du moment que nous retrouvons ce type, bougonna le commandant.

– Il nous faut une règle et un compas, demanda André.

– J'ai cela dans mon sac à main ! s'exclama Cécile.

– Parfait ! Passe-les moi, s'il te plaît.

À l'aide des outils prêtés par Cécile, le policier de la DST se rendit compte rapidement que cette technique empirique ne lui permettait qu'un repérage trop approximatif.

Il fallait utiliser une méthode plus rigoureuse.

– Bon, conclut André, je pense qu'en fait il faut que nous fassions un calcul à partir des coordonnées géographiques des trois châteaux. Et d'être le plus précis possible.

– Voilà, je les ai notées ici, dit le gardien de la paix en tendant un papier à André Ormus.

Le policier de la DST posa la feuille sur le capot de la voiture et ils se mirent tous ensemble à effectuer le calcul ; ils se crurent un instant revenus sur les bancs de l'école. André Ormus repensa avec tendresse à son école primaire auscitaine, où son instituteur lui avait transmis l'amour des mots.

42° 31' 28" N 3° 47' 55" E.

– C'est en pleine mer ! s'exclama Cécile.

– Je vous l'avais dit, rétorqua André avec un petit sourire satisfait.

– Alors, où allons-nous maintenant ? demanda le commandant.

– Non, inutile de revenir sur nos pas, le plus simple est de nous rendre au port le plus proche de ce quatrième point supposé, c'est-à-dire Sète, dans l'Hérault.

– Bon, abrégea le commandant, démarrons tout de suite, direction Sète. Mais je vais néanmoins demander à la direction centrale à Paris de nous faire une localisation en urgence du téléphone portable de Legrain, histoire de ne pas se contenter de vos méthodes alambiquées et de le retrouver le plus vite possible d'une façon scientifique, pour une fois, ajouta-t-il d'un ton goguenard. J'ai déjà travaillé une fois avec la DST et à partir d'un simple rétroviseur cassé sur une Renault Clio de cent mille kilomètres au compteur, nous nous sommes retrouvés finalement à démanteler un réseau international de trafiquants de cocaïne qui finançaient des réseaux terroristes.

André Ormus préféra ne faire aucun commentaire sur cette anecdote et donna le signal du départ. Ils remontèrent dans leur voiture et le gardien de la paix tourna la clef de contact. Le moteur se remit à ronronner.

Le policier manœuvra pour remettre le véhicule dans la bonne direction ; pendant ce temps, son collègue téléphonait à son service de police judiciaire pour demander la recherche satellitaire. En effet, il n'était vraiment pas convaincu par la suggestion méditerranéenne de son alter ego de la DST et préférait compléter ces pistes symboliques par des moyens techniques plus contemporains.

Ce en quoi il avait tort : la suite des événements allait donner raison à la méthode peu cartésienne mais néanmoins avisée d'André Ormus.

28

Ils arrivèrent à Sète après avoir roulé pendant plus de deux heures. Comme le commandant le craignait, ils n'avaient pas encore reçu d'informations de la PJ qui aurait permis de localiser le téléphone portable du commissaire-priseur. Ils arrêtèrent leur véhicule sur un parking du centre-ville.

– Que faisons-nous maintenant ? demanda le commandant.

– Écoute, répondit André Ormus, suivons mon intuition jusqu'au bout.

– C'est-à-dire ?

– Puisque le quatrième point est situé dans la Méditerranée, cela suppose quoi à ton avis ?

– Voyons... Un bateau ! Ou un sous-marin.

– Nous sommes d'accord, dit André Ormus.

– Oui, si tu veux ! Mais tu oublies un point essentiel : car ce bateau, si bateau il y a vraiment, ne va pas rester immobile en pleine mer pendant une éternité. Donc il doit y avoir une date, voire une heure précise pour ce rendez-vous.

– Tu as raison ! Et c'est là que Legrain a un avantage sur nous car il doit posséder des indications codées sur les fameux tableaux qu'il s'est donné tant de mal à récupérer.

– Nous en revenons au même point. Que faisons-nous maintenant ? insista le commandant.

– Je ne vois qu'une seule solution, attendre que la direction centrale de la PJ nous donne le renseignement que nous avons demandé, en espérant que Legrain n'aura pas déjà quitté les eaux territoriales françaises.

Le capitaine de la DST avait de la chance, comme il sied à tout bon flic ; car son raisonnement l'avait conduit sur les traces de Maître Legrain qui était arrivé un peu plus tôt aux mêmes conclusions, mais par d'autres chemins plus compliqués.

Le commissaire-priseur avait cherché le quatrième point maritime en s'appuyant sur les trois premières lettres des châteaux, Cabriannes, Arcas et Bellegardiole, CAB, en fait A, B et C, et non une abréviation de Cabriannes ; il manquait alors la lettre D.

Le troisième châtelain l'avait certes mis sur la bonne piste puisqu'il avait trouvé sur le siège passager avant de la voiture empruntée au château un plan de la ville de Sète ; mais après ?

Une fois arrivé dans la capitale du Pays de Thau, que devait-il faire ?

Il gara sa voiture sur le quai Lemaresquier et déplia le plan de Sète qui avait été obligeamment mis à sa disposition. Il chercha à quel endroit de la ville pouvait correspondre cette lettre D énigmatique mais ne trouva rien qui lui parut probant.

Il songea alors de toutes ses forces aux trois tableaux et après d'intenses réflexions, eut une illumination : le capricorne correspondait au signe zodiacal, soit du vingt-deux décembre au vingt janvier, d'où une évidence : les dix-sept personnages induisaient forcément la date du 17 janvier, et le soleil au Zénith, midi ; soit un rendez-vous le 17 janvier au milieu de la journée.

Il se remit à réfléchir et soudain pensa que ce rendez-vous avait peut-être déjà eu lieu à la même date, l'année précédente. Mais il restait encore bien des points à comprendre.

– Voyons, je suis à Sète. Le port de Sète, évidemment ! Un bateau. Je dois trouver si un bateau est venu à quai le 17 janvier l'an dernier. Un bateau dont le nom commence par D.

Il redémarra sa voiture et se dirigea vers le quai de la Marine où les thoniers, chalutiers et autres petits bateaux de pêcheurs artisanaux pouvaient arriver jusqu'au cœur de Sète.

Là, il se renseigna auprès d'un passant, qui l'invita à se rendre à la capitainerie du port de la ville, sur le quai Philippe Régy.

Un peu fébrile, car il sentait qu'il tenait une bonne piste, il descendit de sa voiture et interrogea le préposé de la capitainerie. Celui-ci, fort aimable, sortit d'une armoire ses registres du mois de janvier de l'an passé et le laissa consulter.

Maître Legrain réussit à conserver son calme et tourna lentement les pages jusqu'à arriver à la date du 17 ; mais malgré une recherche attentive, il ne trouva absolument rien.

Il avait réussi à ne pas laisser apparaître sa déception. Il sortit tranquillement de la capitainerie puis se dirigea à pied vers le quai pour aller contempler la Méditerranée.

Il savait qu'il deviendrait bientôt l'un des maîtres de la Société du Dragon Rouge, qu'il se trouvait désormais tout près de l'immortalité promise. Et cette perspective lui donnait le tournis, ce qui, d'une certaine façon, était parfaitement compréhensible.

Il reprit son calme et sortit son calepin où il avait noté les différentes coordonnées géographiques obtenues lors de ses initiations précédentes.

À son tour, comme l'avaient fait auparavant ses poursuivants, il eut la bonne intuition : calculer exactement les coordonnées du quatrième point.

Il trouva ce quatrième point le 16 janvier à dix-huit heures.

29

Alors que le commandant de la police judiciaire commençait à imaginer sérieusement le moment où il allait rentrer à Toulouse et oublier le plus rapidement possible cette enquête impossible réalisée en commun avec la DST, son téléphone portable se mit à sonner. Et c'était pour lui annoncer une bonne nouvelle : la localisation du commissaire-priseur ; les ordinateurs de la PJ avaient retrouvé sa trace peu de temps auparavant sur le quai Philippe Régy.

– C'est reparti, s'exclama le commandant.

En raison de l'heure, le préposé de la capitainerie s'apprêtait à quitter son poste de travail lorsqu'il vit arriver devant son guichet les trois policiers toulousains et la commissaire-priseur stagiaire, eux aussi à la recherche d'un bateau mystérieux ; il fit tout de suite la relation avec la première visite, même s'il ne comprenait pas vraiment la raison de cet intérêt subit et collectif pour les navires du port de Sète.

– Par hasard, vous ne cherchez pas vous aussi un bateau qui est déjà venu en janvier l'année dernière et qui accoste à nouveau ce soir ?

– Que voulez-vous dire ? interrogea le commandant.

– Je veux dire que tout à l'heure, un gars un peu nerveux m'a fait une demande similaire à la vôtre.

– Comment était-il ?

L'employé fit une rapide description qui ne laissait aucun doute : il s'agissait bien de Maître Legrain.

L'équipe d'enquêteurs avait réussi à relancer la filature et tous étaient persuadés que le flou qui entourait les secrets de l'étrange navire de la SDR allait bientôt se dissiper.

Ils se réjouissaient déjà de ce qu'ils allaient découvrir alors qu'ils auraient dû commencer à avoir vraiment peur.

Sans compter que le commissaire-priseur avait toujours une longueur d'avance, malgré le repérage électronique dont il faisait l'objet.

Après avoir trouvé le quatrième point en pleine mer, tout s'enchaîna pour lui comme dans un rêve malsain : il se dirigea vers un marin pêcheur à qui il demanda, moyennant finances, de le conduire le lendemain matin dès la première heure au point précis situé en mer ; il était maintenant certain d'y retrouver ceux avec qui il avait rendez-vous.

Ensuite, épuisé par autant de tension nerveuse, il loua une chambre d'hôtel à proximité immédiate du port de Sète et s'endormit presque aussitôt d'un sommeil lourd et tourmenté.

Mais ces angoisses nocturnes ne devaient rien à la traque policière dont il continuait à faire l'objet malgré lui. Pourtant, l'étau se resserrait ; après avoir quitté la capitainerie, les policiers et Cécile avaient poursuivi leurs investigations, qui avaient continué à les mener sur les traces du commissaire-priseur ; de la location du bateau de pêche à la réservation de la chambre d'hôtel, les fins limiers toulousains savaient tout.

Il leur fallait prendre maintenant une décision sur la suite des événements et les avis différaient.

— Moi, affirma le commandant d'une voix péremptoire, je te dis que la plaisanterie a assez duré. On fonce, on lui passe les menottes et on lui pose quelques questions sur tout ce qui s'est passé à Toulouse.

— Et moi, rétorqua André Ormus, je t'affirme qu'il faut continuer à le suivre sans nous faire repérer, pour voir où tout cela conduit.

— Et si nous le perdons à nouveau ? s'inquiéta le policier de la PJ.

— Fais-moi confiance, à ce stade il n'y a aucun risque, le rassura le capitaine de la DST. Et je suis persuadé que notre brave Legrain n'est qu'un lampiste ; ce qu'il nous faut, ce sont les véritables commanditaires. Alors, encore un peu de patience et, promis, tu pourras entendre tout ce beau monde rédiger une magnifique procédure, impressionner le procureur de la République de Toulouse et obtenir le grade de commandant fonctionnel.

— Et toi, commandant des services secrets de la bonne vieille République française, se moqua son collègue de la police judiciaire. Bon, comme tu veux mais je te préviens, c'est sous ta responsabilité. Et j'espère pour toi qu'il n'y aura pas de loupé au dernier moment car je ne me priverai pas de dire que ce sera à cause de toi et des méthodes alambiquées de ta satanée DST.

– Je prends le risque, répondit André Ormus.

– D'accord ! Nous louons deux chambres et nous mettons en place une surveillance nocturne jusqu'à demain matin, puisque nous savons maintenant que notre « ami » a loué un bateau pour aller se promener en Méditerranée.

30

Le petit bateau de pêche sétois largua ses amarres et quitta le quai pour rejoindre le mystérieux point D à quelques miles marins de la côte sétoise.

Accoudé au bastingage, Maître Legrain ne ressentait aucune émotion particulière à voir s'éloigner la terre ; son cerveau était entièrement concentré sur la dernière initiation qu'il attendait de vivre pour être pleinement intronisé dans la Société du Dragon Rouge.

Et cette perspective proche le laissait de marbre ; non par indifférence mais en raison d'une froide et implacable détermination à accéder à cette immortalité promise ; vanité dérisoire qui lui avait fait perdre toute lucidité.

Une heure de navigation plus tard, Maître Legrain ressentit l'une des plus fortes émotions de son existence en voyant grossir à l'horizon un point sombre qui, au fur et à mesure que son embarcation s'en rapprochait, prenait la forme d'un magnifique navire, un véritable palace flottant.

Le commissaire-priseur fut définitivement rassuré sur sa destination lorsqu'il fut assez près pour pouvoir lire sur les flancs du bateau le nom tant espéré qui, logiquement, commençait par la lettre D.

Draconis ! Évidemment ! pensa intérieurement maître Legrain.

Son propre bateau se rapprocha de l'énorme vaisseau jusqu'à ce que le commissaire-priseur pût monter à bord en grimpant le long d'une des échelles fixées le long de la coque.

Il salua d'un dernier geste de la main le marin sétois qui l'avait conduit jusqu'ici et qui, grassement payé, entama aussitôt les manœuvres pour repartir vers le port de Sète sans demander son reste.

Maître Legrain finit de grimper l'échelle et arriva sur le pont du Draconis.

Là, saisi d'une bouffée de nostalgie inexplicable, il se tourna vers la mer qu'il regarda en silence et vit s'éloigner la petite embarcation qui l'avait transporté jusqu'au bateau de la Société du Dragon Rouge.

Mais presque aussitôt, Alfred Bigorre surgit de la cabine principale et l'interpella d'une voix forte :

— Cessez de contempler le passé, compagnon. L'heure est venue de rejoindre le premier cercle.

— Vous avez raison, Maître.

Le commissaire-priseur suivit le troisième châtelain à l'intérieur du navire ; ils s'installèrent dans le salon principal autour d'une table ronde sur laquelle étaient posés l'étui de cuir contenant le flacon de sang et la mallette avec la seringue archaïque.

Alfred Bigorre commença à parler :

— Puisque vous avez réussi à arriver jusqu'ici, je vais continuer à vous raconter l'histoire de notre Société ; êtes-vous prêt à l'entendre ?

– Oui, Maître.

– Parfait. Vous vous souvenez que mon ancêtre, Antoine Bigorre, avait invité le marquis Gilles de Chefdemalle et le comte Henri d'Ardentaug à le rejoindre dans son château de Bellegardiole, afin de pratiquer le rituel révélé par les « statuts secrets » de Maître Roncelin...

– Oui, tout à fait.

– Ils avaient donc mélangé la poudre obtenue d'éclats des reliques et des gouttes de leur sang dans un flacon d'émeraude et avec une seringue, celle que je vous ai déjà montrée, s'injectèrent chacun cet élixir. Leur appréhension naturelle face à cette expérience impressionnante ne pesait rien devant leur certitude qu'ils étaient sur la voie ésotérique véritable révélée par Maître Roncelin. Un peu comme vous maintenant, je suppose ?

– C'est exact, Maître.

– Au début, il ne se passa rien, la perfusion ne laissa qu'une simple petite trace rouge dans leurs bras à l'endroit de la piqûre, comme il est normal. Chacun repartit en son domaine et reprit ses activités. Mais au bout de quelques jours, les trois « initiés », car c'est ainsi qu'ils étaient désormais, acquirent la connaissance totale et entière des deux autres ; d'abord par bribes, puis par vagues entières, leurs cerveaux respectifs apprenaient l'intégralité des souvenirs et du savoir de ceux avec qui ils avaient partagé cette initiation : leurs trois esprits ne faisaient plus qu'un. Vraiment.

– Transmission de pensée ? demanda maître Legrain.

– Non, pas exactement, répondit Alfred Bigorre. Plutôt une véritable osmose, une fusion totale et vertigineuse de leurs cerveaux. Ils réalisèrent alors le sens profond de l'une des phrases du rituel secret de Maître Roncelin : *Les âmes [...] ne feront qu'un.* Tous trois étaient parvenus ensemble à cet état supérieur de conscience. Et ce, d'une façon absolument irréversible. Comprenez-vous ?

– Oui, Maître. Mais qu'en est-il de l'immortalité ?

– L'histoire n'est pas terminée, elle ne fait même que commencer, compagnon. Pour l'instant, vous venez d'apprendre le processus qui a abouti à la création par ces trois premiers initiés d'une société secrète, celle du Dragon Rouge. Rouge comme le sang.

o

Comme d'habitude, le scanner avait bien fait son travail : installés discrètement sur le pont avant de leur propre embarcation, les trois policiers toulousains et Cécile avaient pu entendre l'intégralité de la conversation édifiante qui venait de se tenir à l'intérieur du Draconis.

Ils étaient arrivés sur le quai après le départ du navire loué par Maître Legrain, mais sans désemparer avaient réquisitionné un bateau de pêche qui avait navigué jusqu'à se rapprocher de leur objectif à une distance raisonnable.

Le marin sétois avait jeté l'ancre et était resté dans sa cabine de pilotage ; il ne pouvait pas écouter la discussion entre le châtelain et maître Legrain, ce qui était sans doute préférable pour ses nerfs.

Le commandant de la PJ soupira en entendant la dernière phrase diffusée par le scanner :

– Je crois rêver ! Comment des gens a priori sensés peuvent-ils raconter de telles fadaises ?

– Les êtres humains ont constamment eu besoin de pratiquer des rituels, répondit André. Ce qui est important, c'est la finalité. Or, là, je ne comprends toujours pas leur but véritable.

– Chut ! s'exclama Cécile. Il a recommencé à parler.

Effectivement, la voix haletante d'Alfred Bigorre résonna à nouveau dans le haut-parleur du scanner ; et les mots qui allaient être prononcés allaient donner à l'histoire une réalité terrifiante. Car aujourd'hui encore, la Société du Dragon Rouge était tout sauf une plaisanterie.

31

— Et dragon, par allusion à Dracula, bien évidemment, reprit Alfred Bigorre. Comme vous, ils se posèrent alors la question essentielle, celle de « l'immortalité des âmes » évoquée dans les « statuts secrets » de Maître Roncelin.

— Cela paraît une interrogation logique, répondit maître Legrain.

— Oh, logique, irrationnel... Nous n'en sommes plus là. Tout ce que je suis en train de vous raconter défie l'imagination et est pourtant la vérité.

— Je n'en doute pas.

— Mais je vous ai promis la suite de l'histoire, la voici. Mon aïeul, Antoine Bigorre, décida peu après son initiation de quitter définitivement la prêtrise et de se marier. Mais la véritable raison de cette union matrimoniale était l'intuition profonde que « l'immortalité de l'âme » évoquée par Roncelin devait s'opérer par filiation, il voulut par conséquent avoir des enfants. Bien lui en prit car sa théorie devait se confirmer bientôt, à la mort de l'un des membres du trio initial, le comte Henri d'Ardentaug : tous les souvenirs, toutes les connaissances du père avaient été totalement transmis au fils aîné ; l'esprit du défunt était intégralement passé dans celui de son enfant. Ainsi l'âme était devenue réellement immortelle. Et naturellement, la pensée de cet enfant, à son tour, ne faisait qu'une avec celles de Gilles de Chefdemalle et Antoine Bigorre. Voilà le résultat intangible et pourtant incontestable de la perfusion alchimique pratiquée par la Société du Dragon Rouge.

– Cela paraît vraiment incroyable, murmura maître Legrain.

– Et pourtant, répliqua Alfred Bigorre, je vous le répète, c'est l'absolue vérité.

o

Lorsqu'il entendit surgir du scanner cette dernière affirmation, le commandant de la PJ ne put s'empêcher de grommeler :

– Ce que j'entends là commence sérieusement à m'agacer. Ils se prennent vraiment au sérieux.

– Patientons encore, répondit André.

– Mais il va bien falloir que nous intervenions à un moment, lui rétorqua son collègue. N'oublions pas que j'ai quelques questions à poser à ces individus, par exemple sur le décès brutal de l'autre commissaire-priseur !

– Je partage ton avis, mais recueillons d'abord le maximum de renseignements. Ensuite, je te promets que tu pourras les interroger autant de temps que la loi te le permet.

o

Loin de se douter des intentions procédurales du policier de la PJ qui s'impatientait à quelques encablures du Draconis, Alfred Bigorre continua son récit sur un ton posé qui contrastait avec l'étrangeté de ses propos.

– Ayant obtenu la preuve qu'il subodorait, poursuivit le châtelain, mon ancêtre proposa au marquis Gilles de Chefdemalle et au fils du comte Henri d'Ardentaug de développer énormément la Société du Dragon Rouge, par la cooptation de nouveaux membres. Car ils avaient compris immédiatement le pouvoir considérable qu'ils avaient acquis et qui deviendrait immense au fur et à mesure que croîtrait le nombre de leurs adeptes.

– Toutes les sectes, voire n'importe quelle organisation, fonctionnent sur ce schéma et cette ambition, remarqua maître Legrain.

– Peut-être, mais aucune n'a jamais disposé d'un tel moyen mental d'accroître peu à peu sa puissance et ses connaissances. En outre, la Société du Dragon Rouge a prospecté des adeptes dans des milieux bien particuliers : les affaires, les banques, le milieu scientifique et politique... Bref, le pouvoir et l'argent. Nous avons soigneusement sélectionné nos membres non en fonction de leurs qualités humaines mais dans la perspective de ce qu'ils pouvaient apporter à la puissance de notre organisation. Et ce depuis près de deux cents ans. Imaginez-vous ce que cela représente aujourd'hui ?

– Vous me faites penser à toutes ces théories du complot, que je désapprouve. Je ne mets pas en doute la qualité de la Société du Dragon Rouge, à laquelle je souhaite ardemment appartenir ; mais de là à l'imaginer comme une pieuvre secrète et tentaculaire qui tirerait dans l'ombre les ficelles du monde, j'ai du mal à y croire, franchement. C'est impossible en réalité et je n'aime pas cette vision paranoïaque et totalitaire aux relents fascistes.

– Il est exact que personne n'a de nos jours le pouvoir de diriger toute la planète, elle est trop vaste et multiforme et c'est tant mieux, rétorqua Alfred Bigorre. Cependant, notre but est bien de créer une communauté de grands initiés, se transmettant de génération en génération l'ensemble de leurs connaissances, et ce d'une façon exponentielle.

– À terme, un seul esprit pour tous...

– Oui.

o

Les policiers et Cécile se regardèrent, un peu interloqués par ce qu'ils venaient d'entendre. Le gardien de la paix toussota pour rompre le silence gêné de ses coéquipiers puis demanda :

– Ils sont sérieux, là ?

– Aucune idée, répondit son collègue de la PJ.

– Est-ce que cette théorie est scientifiquement vraisemblable ? interrogea Cécile.

– À mon avis, non, répliqua André. Et si cela l'était, ce serait dramatique pour le genre humain ! Le règne d'une véritable pensée unique ! Un cerveau collectif mondial ! La dictature absolue. L'horreur, pire que n'a pu l'imaginer Orwell.

– Oui, acquiesça le commandant, avec leur système de perfusion, plus besoin de clonage, ce sera directement le meilleur des mondes car, forcément, quelqu'un dirigera cette tête unique. Et si ce quelqu'un est un fou ou un salaud... Bon, arrêtons de fantasmer sur leur sérum magique, tout ceci n'existe pas si ce n'est dans l'imagination de ces gourous. À mon avis, il est grand temps d'intervenir et de faire notre travail de flic. Tout simplement.

– Attendons encore un peu, proposa André. Écoute le scanner, ils se sont remis à discuter.

o

En effet, après une interruption pendant laquelle il avait sorti lentement le flacon et la seringue pour les poser sur la table ronde, Alfred Bigorre s'était à nouveau adressé à son interlocuteur :

– Vous êtes ici à bord de Draconis III. En 1840, la Société du Dragon Rouge fit l'acquisition d'une goélette, qu'elle baptisa Draconis, du latin *draco, onis*, c'est-à-dire Dragon. En effet, il était très vite apparu aux trois fondateurs qu'il fallait protéger leur secret initiatique de la meilleure façon possible, et la solution idoine était d'établir le siège de l'organisation sur un navire afin de pouvoir échapper plus facilement à la curiosité d'organisations rivales ou de fins limiers de la police. Vous avez pu constater qu'aujourd'hui encore cette précaution s'est révélée utile.

– Tout à fait ! répondit maître Legrain.

– À la fin du XIXe siècle, la Société du Dragon Rouge, qui s'était considérablement enrichie, put faire l'acquisition de Draconis II, un trois-mâts. Enfin, au milieu du XXe siècle, ce fut Draconis III, le yacht à moteur, ce véritable palace flottant sur lequel vous êtes monté dans le dessein de devenir à votre tour un maître de notre organisation. Persistez-vous dans ce désir, compagnon ?

– Je suis fasciné par ce que vous m'avez présenté, Maître. Et oui, je souhaite toujours vous rejoindre, ayant compris enfin ce que cela signifie.

– Vous ne le regretterez pas.

Alfred Bigorre ouvrit la fiole et remplit précautionneusement la seringue ; puis il se leva de son siège et contourna la table ; Maître Legrain comprit que l'heure était venue : il ôta son veston et remonta la manche droite de sa chemise, afin de permettre la perfusion dans son bras.

L'aiguille s'approcha d'une veine qu'elle pénétra ; et le fluide concocté selon le rituel de Maître Roncelin se mélangea au sang du commissaire-priseur.

Ce dernier ferma les yeux, non par crainte, mais parce que la pensée qu'il était en train de devenir immortel était tellement forte qu'elle empêchait son cerveau de fonctionner.

Mais il était vrai que son cerveau ne lui appartenait déjà plus.

Il posa sur le petit point rouge, trace de la perfusion, un bout de coton qu'il recouvrit du sparadrap que lui avait donné Alfred Bigorre ; puis il redescendit la manche de sa chemise et remit son veston.

Le châtelain le regarda d'un air satisfait et lui dit d'une voix à la fois joyeuse et inquiétante :

– Voilà, c'est fait. Bienvenue parmi nous, mon cher nouveau maître !

Le commissaire-priseur répondit simplement à cette phrase d'accueil lapidaire par un sourire ; il n'avait pas besoin de commenter cette dernière initiation, il savourait simplement sa joie, quelque part un peu malsaine, d'être parvenu à ses fins.

Il ferma à nouveau les yeux, comme pour essayer de suivre à l'intérieur de son corps la dispersion du fluide dans son sang, qui était en train de faire de lui un nouvel immortel.

32

– Bon, ça suffit ! s'exclama le commandant de la police judiciaire. Nous intervenons maintenant, nous en savons assez.

– Cette fois-ci, je suis d'accord avec toi, répondit André Ormus. Prêts pour l'abordage du Draconis ! Je vais demander au pilote de notre bateau de s'en approcher et nous interpellons ces deux zigotos.

– Moi, j'ai repéré avec les jumelles laser l'endroit précis où ils sont, précisa le gardien de la paix.

– Impeccable. Bon, vous, Mademoiselle, vous restez ici à l'abri, vous n'êtes pas de la police, donc pas question que vous preniez le moindre risque lors de cette arrestation. Compris ?

– Oh oui, mon commandant, répondit la jeune femme avec une pointe d'ironie dans la voix. Et merci de vous inquiéter pour ma sécurité.

– C'est normal ! Et ne prenez pas mes propos à la légère. Tout ceci n'a rien à voir avec une plaisanterie et les risques sont réels.

– Mais ne vous énervez pas, je comprends les impératifs de votre métier. Je resterai sagement à bord de ce navire et j'attendrai patiemment votre retour. André, pense simplement à me téléphoner quand votre opération sera terminée, s'il te plaît !

– Je te le promets, Cécile, répondit-il.

Les policiers se préparèrent à intervenir tandis que le bateau de pêche leva l'ancre pour accoster le Draconis.

Un quart d'heure plus tard, les deux navires se retrouvèrent côte à côte et les trois Toulousains grimpèrent le long de l'échelle de bord – qui, par chance, n'avait pas encore été remontée – afin de prendre pied sur l'embarcation de la secte.

– Sortez vos armes, ordonna le commandant.

Ils se dirigèrent vers la porte de la cabine principale, qu'ils ouvrirent prudemment.

Un escalier assez raide menait vers le salon où Alfred Bigorre et maître Legrain étaient toujours installés ; les policiers montèrent les marches tout doucement pour ne pas attirer leur attention et le commandant, qui marchait en premier, put enfin apercevoir à travers l'embrasure de la porte du salon les deux hommes qu'ils voulaient arrêter.

D'un signe de la main gauche, il prévint le gardien de la paix et son collègue de la DST puis rabattit brusquement son bras, donnant ainsi le signal de l'action.

Les trois policiers entrèrent tour à tour dans le salon et braquèrent de leurs armes les deux membres de la Société du Dragon Rouge qui, visiblement, ne s'attendaient pas à cette intrusion.

– Police judiciaire, cria le commandant. Les mains en l'air !

Alfred Bigorre et maître Legrain obtempèrent sans broncher ; le premier avait l'air furieux de s'être laissé surprendre au cœur même du siège secret de la SDR, le second semblait plus désemparé ; mais ils avaient obéi sans dire un mot.

Le gardien de la paix s'approcha d'eux et les fouilla rapidement, puis dit :

– C'est bon, chef, ils n'ont pas d'armes sur eux.

– Très bien, répondit le commandant. Vous pouvez poser vos mains à plat sur la table. Maintenant, soyez bien attentifs et coopératifs car nous avons quelques questions à vous poser.

L'officier de la PJ s'assit en face des deux membres de la secte ; André et le gardien de la paix restèrent debout, un peu à distance, pour assurer la protection au cas où serait venue l'idée aux deux adeptes de Dracula de tenter de se révolter.

Le commandant reprit la parole :

– Messieurs, vous êtes en garde à vue, dans le cadre de la commission rogatoire délivrée à Toulouse pour enquêter sur la mort de Maître Magnac et Lucien Mongin. Je suppose que vous connaissez bien ces deux victimes ? Ne sachant que répondre, Maître Legrain jeta un coup d'œil affolé à Alfred Bigorre ; mais ce dernier semblait lui, au contraire, fort serein ; et c'est d'une voix parfaitement calme qu'il répondit :

– Mais bien sûr, Monsieur le policier. Et je vais tout vous expliquer.

33

– Parfait ! répondit le commandant de la PJ.

– Je suppose que si vous êtes arrivés jusqu'ici, ajouta Alfred Bigorre, c'est que vous connaissez les buts de notre organisation.

– Oui, c'est bon ! La Société du Dragon Rouge, l'immortalité, La lance du Christ, Dracula et tutti quanti, pas de problème, répliqua le policier. Vos délires sanguinolents ne m'intéressent pas vraiment. Moi, je recherche la vérité sur les deux cadavres actuellement au frais dans les locaux de l'identité judiciaire à Toulouse. C'est tout. Et je suis persuadé que vous pouvez m'apprendre beaucoup de choses à ce sujet.

– Assurément.

– Alors, allez-y !

– Je vous propose de commencer par le début...

– Comme vous voulez, mais ne me faites plus perdre de temps. Au fait ! Et attention à ce que vous me dites, notre conversation est enregistrée et sera consignée sur procès-verbal lorsque nous serons de retour à Toulouse.

Le commandant posa devant lui sur la table un petit appareil enregistreur numérique qu'il mit en marche.

– J'en prends acte, Monsieur le policier, dit Alfred Bigorre. Mais je n'ai pas l'intention de vous faire attendre davantage. Alors voici l'histoire : il y a un an décédait l'un de nos adeptes, William Haubresse, dont vous avez certainement entendu parler.

– Oui, bien évidemment.

– Sa jeune épouse, désarçonnée par ce décès imprévu, ce qui peut se comprendre, décida de quitter la maison familiale où son veuvage aurait été trop pénible à porter ; elle choisit de fuir les souvenirs pesants de sa vie matrimoniale brutalement achevée et de partir s'installer aux États-Unis.

– Nous savons tout cela, dit André Ormus.

– Par conséquent, poursuivit Alfred Bigorre, elle mit en vente une grande partie du mobilier et divers objets d'art ayant appartenu à son défunt mari. Y compris, et c'est cela qui importe à nos yeux, le tableau que nous remettons à nos membres lors de leur initiation dans la Société du Dragon Rouge. Or il faut savoir que Madame Haubresse ignorait totalement l'appartenance de son époux à notre organisation ; c'est une règle essentielle de notre Société. C'est la raison pour laquelle elle n'eut pas le réflexe de nous rendre ce qui nous appartenait. Il s'agit certes d'une toile sans véritable valeur commerciale mais très importante pour nous. En effet, le couple n'avait pas encore eu d'enfants et il était alors essentiel qu'une autre personne hérite du chemin initiatique de William Haubresse, symbolisé par cette peinture.

– Madame Haubresse, remarqua André Ormus, m'a pourtant parlé de vous, certes à mots couverts, mais elle semblait particulièrement effrayée par vos méthodes. À juste titre, semble-t-il.

— Mais bien entendu qu'elle a entendu parler de nous puisque, lorsque nous avons appris le décès de son époux, nous l'avons contactée pour récupérer le tableau. Et c'est là que les difficultés ont commencé : la toile était déjà inscrite au catalogue d'une vente aux enchères organisée à Toulouse par Maître Magnac ; et autant lui que sa cliente ont absolument refusé de la retirer de cette vente, malgré nos propositions financières alléchantes.

— Pourquoi, demanda le commandant, ne pas avoir tout simplement attendu pour enchérir suffisamment et finalement récupérer ce tableau, malgré le refus de la veuve de traiter directement avec vous ?

— Parce que nous ne voulions absolument pas prendre le risque de porter à la connaissance du public l'existence de ce tableau à clefs et par conséquent de dévoiler l'existence de la Société du Dragon Rouge. Mais le mal était déjà fait : non seulement maître Magnac a refusé de nous faciliter la tâche en nous vendant immédiatement le tableau, mais lui et son ami Lucien Mongin ont commencé à s'intéresser à notre organisation. Ce qui revenait à signer leur arrêt de mort.

— Je vous rappelle, dit le policier de la PJ, que notre conversation est enregistrée ! Vous êtes en train d'avouer que vous avez fait assassiner Magnac et Mongin !

— Mais oui, tout à fait ! La Société du Dragon Rouge est extrêmement puissante et a largement les moyens de supprimer deux importuns qui font preuve d'une curiosité excessive. Notre secret est bien trop important pour tolérer ce genre d'indiscrets. Dont vous trois faites partie, d'ailleurs !

– Que voulez-vous dire ? Vous nous menacez ?

– Non seulement je vous menace, affirma Alfred Bigorre d'une voix froide et impérative, mais je vous ordonne de me donner vos armes. Vous êtes à bord du Draconis, dois-je vous le rappeler ?

– Et alors ?

– Alors, pendant que je vous livrais quelques éléments matériels sur l'affaire dérisoire qui vous préoccupe, mes gardes sont allés prendre leurs armes et je pense sérieusement que le rapport de force n'est pas en votre faveur.

Effectivement, au même instant, une dizaine d'hommes en tenue de combat et armés de mitraillettes pénétrèrent silencieusement dans le salon.

34

Les trois policiers eurent vite fait de jauger le renversement de la situation et le commandant demanda à ses coéquipiers de ne pas insister :

– Faites ce qu'il demande, les gars, ils sont trop nombreux.

Ils posèrent leurs armes sur la table ronde, à côté de l'enregistreur numérique qui continuait inutilement à fonctionner, de la fiole et de la seringue.

Alfred Bigorre se mit à rire :

– Très bien, Messieurs ! Je vois que vous êtes raisonnables.

– Nous n'avons pas vraiment le choix, répondit André Ormus. Mais vous ne perdez rien pour attendre. Nous appartenons à des services officiels qui vont certainement réagir.

– Je n'en doute pas ! dit Alfred Bigorre. C'est pourquoi je ne vais pas vous tuer et jeter vos cadavres dans la Méditerranée, contrairement à ce que vous pensez peut-être. J'ai une bien meilleure idée.

Il se tourna vers ce qui semblait être le chef de ses sbires armés de mitraillettes et lui lança un ordre :

– Veuillez attacher nos trois hôtes sur des sièges.

Quelques minutes après, le commandant, le capitaine et le gardien de la paix se retrouvèrent assis et solidement ficelés à leurs chaises.

– Parfait ! se réjouit Alfred Bigorre.

Puis se tournant vers le commissaire-priseur, il dit :

– Que pensez-vous de tout cela, cher ami ? Vous voyez, les imprudents qui s'attaquent à notre organisation prennent beaucoup de risques pour rien.

– Je constate en effet, lui répondit maître Legrain, que vous avez la situation en main.

– Tout à fait ! Et vous, comment vous sentez-vous ?

– Pour l'instant, normal. Rien de particulier.

– Oui, il faut attendre quelques heures avant que le fluide ne commence à agir. Mais ne vous inquiétez pas, ce sera spectaculaire, de plus en plus rapide et surtout, surtout, définitif.

Le commissaire-priseur hocha la tête, marquant ainsi sa confiance envers la promesse du troisième châtelain. Ce dernier se tourna ensuite vers les trois policiers saucissonnés :

– Quant à vous, Messieurs, voici quel est mon projet en ce qui vous concerne. Il est évident que nous sommes maintenant dans une impasse : vous en savez trop pour que je puisse vous relâcher ; et assassiner froidement des représentants des forces de l'ordre est effectivement inenvisageable, même pour quelqu'un comme moi. Après réflexion, je pense que la solution du problème que vous nous posez est de faire une exception à notre règle. Que vous méritez, d'une certaine manière, puisque votre perspicacité vous a conduits jusqu'ici ; en quelque sorte, vous avez partagé avec Maître Legrain les différentes étapes de l'initiation...

— Que voulez-vous dire ? demanda le commandant de la PJ.

— Allons, c'est évident : regardez cette table, que voyez-vous à côté de vos armes pitoyables ? Celle, bien plus terrible et efficace, de la Société du Dragon Rouge... Oui, je vais tout simplement vous inoculer la mixture complexe dont maître Roncelin a découvert la recette et faire de vous trois nouveaux membres de notre organisation. Ainsi, je serai certain que vous ne nous quitterez jamais, que vous ne nous trahirez jamais et que vous renoncerez définitivement à votre employeur pour rejoindre nos rangs. Vous vous en doutiez, je pense : notre cerveau démultiplié nous permet toujours de trouver une réponse à une difficulté.

À propos de cerveau démultiplié, une trentaine de personnes entrèrent dans le salon au moment où Alfred Bigorre prononçait ces mots inquiétants ; il ne s'agissait visiblement pas là de nouveaux gardes mais d'autres membres de la secte ; d'ailleurs parmi eux se trouvaient les châtelains de Cabriannes et d'Arcas.

Ils firent un cercle autour de la table ronde et se mirent à regarder en silence la scène rituelle qui était en train de se préparer au détriment des policiers toulousains. Alfred Bigorre fit ensuite ce qu'il avait annoncé : il piqua successivement les trois policiers attachés, qui ne purent se défendre et empêcher ce geste imposé et criminel ; puis il mélangea dans la fiole le sang qu'il leur avait prélevé avec celui des autres membres de la Société du Dragon Rouge ; il remplit ensuite la seringue et injecta le fluide ainsi modifié aux policiers.

Lorsqu'il eut terminé, le châtelain recula de quelques pas, contempla le visage inquiet de ses victimes puis dit :

– Voilà, Messieurs. Bienvenue parmi nous. Vous allez rester ainsi, le temps que le philtre fasse son œuvre dans vos veines. Je promets que nous viendrons après vous libérer. Vous serez disponibles pour venir assister ce soir à notre grande soirée, je m'y engage. Vous y retrouverez tous les amis ici présents qui ont assisté à votre initiation et bien d'autres encore. Car soyez certains que nous sommes très nombreux. Et tous nos membres sont ici, à bord du Draconis, pour fêter votre arrivée parmi nous.

Comme dans un mauvais rêve, les policiers, qui ne ressentaient pas encore les effets de l'injection, furent conduits dans la salle de réception principale du navire ; ils purent y découvrir la présence de tous les membres de la SDR, trois cents personnes rassemblées depuis des heures dans un silence morbide : des allures de gens ordinaires réunis d'une façon anormale, afin de célébrer on ne savait quelle cérémonie mystérieuse.

André Ormus regarda la foule des adhérents de la SDR en pensant qu'il terminait d'une étrange façon sa brillante carrière à la DST ; puis une violente douleur dans sa poitrine lui fit comprendre que le philtre de Maître Roncelin commençait à produire ses effets irréversibles.

35

Le port de Sète grandissait à l'horizon au fur et à mesure que le bateau de pêcheur avançait vers la côte.

Cécile pouvait déjà apercevoir au loin les lumières de la ville alors que la nuit commençait à tomber sur la Méditerranée.

Surtout, elle ne pouvait empêcher des larmes de couler de ses yeux tristes ; car elle repartait seule, sans ses coéquipiers avec lesquelles elle avait partagé cette aventure extraordinaire qui avait finalement vu la victoire de la Société du Dragon Rouge.

Et pire encore, la jeune femme ne pouvait admettre l'idée qu'elle avait perdu André Ormus, son frère en franc-maçonnerie, devenu tout au long de ces quelques journées trépidantes un homme qu'elle avait commencé à aimer.

Car hélas, il lui était impossible d'oublier ce qu'il lui avait dit au téléphone une heure plus tôt :

– Nous ne nous reverrons jamais, Cécile. Oublie-moi... pour l'Éternité.

Par tempérament, Cécile n'était pas femme à se décourager facilement ; en l'occurrence, l'histoire extraordinaire qu'elle venait de vivre et la pression qu'elle avait supportée lui rendait intolérable l'idée de ne plus revoir ses coéquipiers policiers ; et surtout André Ormus.

– Je n'aurais jamais dû repartir aussi vite, pensa la jeune femme. J'ai fait n'importe quoi, je n'aurais pas dû l'écouter. En fait, il a besoin de moi, il m'a appelée au secours.

Naturellement, elle ne pouvait pas se douter qu'elle se trompait lourdement et qu'il était déjà bien trop tard pour sauver son ami.

Mue par une énergie retrouvée, elle sortit son téléphone portable et appela la police du port de Sète pour leur signaler que de graves incidents étaient en train de se produire à bord du Draconis ; elle les supplia d'intervenir immédiatement.

La police prit son appel au sérieux et lui promit d'envoyer très rapidement une équipe d'intervention maritime.

Puis Cécile alla voir le pilote de son propre navire pour lui demander de retourner aussitôt vers le Draconis ; sans discuter, le marin sétois exécuta la manœuvre et son bateau rebroussa chemin pour se rapprocher à nouveau de l'embarcation de la SDR.

36

Alors, l'impensable se produisit.

Le feu éclata brutalement sur le Draconis ; tout se passa si vite qu'il était impossible de deviner si l'incendie démarra par l'explosion de la chaudière, une roquette ou un tir d'artillerie, la foudre tombée du ciel ou une allumette à la base d'un rideau.

Quoi qu'il en soit, le navire s'embrasa comme un cep de vigne sec dans une cheminée.

Au fur et à mesure, tout s'enflamma d'une façon incompréhensible et extrêmement rapide à bord du navire ; pris au piège, les passagers, dans le même instant abominable, entendirent la sirène des alarmes et virent les différentes portes du bateau se refermer brusquement sur eux, ne leur laissant aucune issue. Ils périrent tous en brûlant comme des torches humaines, dans la souffrance et la terreur.

Brasier apocalyptique qui n'offrit aucune chance à tous ceux qui avaient eu le malheur d'embarquer à bord du Draconis.

Les plafonds fondaient puis s'effondraient sur des gens en train de hurler de douleur, les cloisons s'abattaient sur des corps déjà à moitié carbonisés, des rictus désespérés avaient tout juste le temps d'apparaître sur des visages noircis par les flammes.

Une fumée chaude et épaisse, malodorante et noire envahissait les poumons des malheureux qu'elle asphyxiait tout en les brûlant de l'intérieur. Des mains crispées se recroquevillèrent dans une ultime et vaine tentative d'échapper à la torture du feu dévastateur. Personne ne pouvait éviter ce qui était en train de se passer. Trop rapide, trop violent.

En quelques minutes, le Draconis s'était transformé en un tombeau impitoyable.

Comme les autres passagers, André Ormus vit arriver à toute allure la mort par le feu ; il eut juste le temps d'une dernière interrogation : la SDR lui avait promis l'immortalité et il était en train de trépasser dans les flammes.

º

Cécile arriva enfin en vue du Draconis, qui était encore en feu ; mais lorsqu'elle fut assez proche pour voir l'état du navire ravagé par l'incendie, elle comprit qu'il ne pouvait y avoir aucun survivant.

Elle encaissa cette vision terrible avec fatalisme tout en se sentant submergée de chagrin.

La violence de cette histoire la dépassait et en même temps elle souffrait de la réalité brutale qui lui avait arraché ses amis.

Soudain, Cécile aperçut deux silhouettes immenses de forme humaine paraissant flotter au-dessus du pont, en plein milieu des flammes qui ne semblaient pas les brûler.

La jeune femme se crut d'abord victime d'une hallucination puis scruta le Draconis : la première silhouette était un homme richement vêtu d'une tunique de velours rouge et or ; l'autre portait une simple tunique blanche.

Hormis leurs différences vestimentaires, les deux apparitions avaient des points communs : de longs cheveux, une barbe, et surtout leurs yeux semblaient totalement illuminés.

Cécile était incapable de dire si ces regards reflétaient l'extase ou la démence.

Ces deux personnages surnaturels se mirent à regarder Cécile un court instant puis, toujours en suspension dans les airs, s'éloignèrent du bateau en flammes et prirent la direction de la côte.

Elle ne put les suivre longtemps du regard. Leurs silhouettes s'estompèrent rapidement à l'horizon.

Elle se demanda si elle avait perdu la raison. Seul le crépitement menaçant du brasier qui achevait de détruire le Draconis, avant de l'envoyer vers le fond de la Méditerranée, semblait réel.

Les instants qui suivirent semblèrent tout aussi irréels : Cécile vit arriver les secours par hélicoptères et des enquêteurs de la police à bord de navettes rapides.

Mais il était bien trop tard ; il n'y avait aucun survivant à bord du Draconis, tous les passagers étaient carbonisés et des craquements sourds de plus en plus nombreux laissaient présager que ce qui restait du navire de la SDR allait très bientôt sombrer.

Cécile grimpa à bord d'une navette rapide de la police sétoise et fut rapidement interrogée par les enquêteurs ; elle fut vite libérée car les policiers se rendirent compte qu'elle était en état de choc et qu'en outre elle n'avait pas de véritables explications à leur donner sur ce qui venait de se produire.

Elle remonta sur son embarcation qui repartit aussitôt vers la côte, laissant les secours assister en spectateurs à la fin du naufrage du Draconis.

D'une façon tout à fait compréhensible, Cécile était sonnée par ce qu'elle venait de voir et son cerveau n'avait pas recommencé à fonctionner.

Ce qui d'une certaine manière représentait pour la jeune femme un ultime sursis avant le basculement dans l'horreur véritable.

37

Cécile déambulait à présent, comme une âme en peine, sur la jetée du vieux port de Sète.

Elle avait le sentiment que la signification réelle de ce qu'elle venait de vivre lui échappait.

Tout ceci ne colle pas ! se répétait-elle sans cesse.

La Société du Dragon Rouge avait été créée après la découverte de l'opuscule de Maître Roncelin.

La dernière phrase avait conduit les membres fondateurs à établir le Rituel qu'elle leur inspirait.

Et, depuis deux siècles, ils l'avaient scrupuleusement respecté. Ils avaient récupéré le sang du Christ, les ossements de Dracula et après les avoir mélangés, se les étaient tour à tour injectés.

Tout cela pour obtenir la communion et l'immortalité de leurs esprits, par le biais de leur descendance.

Et là, devant ses yeux, Cécile les avait vus tous périr, pères et fils, et certains, les derniers initiés, avant même d'avoir pu procréer.

– Non, se dit-elle, ce plan n'a aucun sens. Ou alors...

Une hypothèse commençait déjà à prendre forme dans son esprit.

– Et si le plan ne leur était pas destiné ? S'ils n'avaient été, depuis le début, que de simples pions ? Si tout cela n'avait eu qu'un seul et unique objectif :

ramener à la vie les deux personnages qu'elle avait vu apparaître dans les airs et qu'elle ne connaissait que trop bien ?

Dans leurs vies antérieures, chacun de son côté, ils avaient échoué.

Jésus, par l'amour, voulait sauver les hommes. Et ses propres frères l'avaient exécuté, dans la plus terrible des souffrances.

Vlad Tepes, Dracula, par la haine, voulait purifier ses semblables. Et ils l'avaient envoyé à la plus infamante des morts.

Simples humains, et séparés, ils n'avaient pu accomplir leur mission. Et, depuis, le monde avait continué de péricliter, de dégénérer, de pourrir.

Cécile cernait mieux, à présent, la véritable raison d'être de la SDR.

Leur Rituel, sans cesse réitéré, et l'énergie qu'ils avaient ensemble dégagée, par le sang, les os et le feu, n'avaient qu'un seul dessein : faire revenir le Fils de l'Homme et le Fils du Démon.

Et, cette fois, avec toute la puissance qui leur avait fait défaut dans leurs vies antérieures.

Mais au-delà de tout, à présent et pour l'Éternité, unis, ne faisant qu'Un.

Une monstrueuse entité faite de Bien et de Mal, d'amour et de haine.

Le noir et le blanc, que Cécile, dans son parcours maçonnique, avait souvent croisés dans ses initiations, sans véritablement en comprendre le symbolisme et qui, aujourd'hui, lui paraissait d'une simplicité terrifiante.

D'autres pièces du puzzle se mirent soudain à trouver leur place.

Cécile se revit sur les bancs de l'École des Beaux-Arts, lorsque l'un de leurs professeurs, d'un ton las mais qui ne souffrait pas la contradiction, leur avait asséné :

Que vous soyez croyants ou non, si vous ignorez tout des principaux textes sacrés, alors dans vos futurs métiers respectifs, vous passerez à côté de nombreuses œuvres d'art. Sans pouvoir vraiment les apprécier, car vous n'en comprendrez pas le sens...

Il revint alors en mémoire à Cécile la prophétie de l'Apocalypse de saint Jean : la Bête, qui allait provoquer la bataille finale d'Armageddon devait surgir de la mer.

Et c'est bien ce qui venait, devant ses yeux, de se dérouler.

En pleine Méditerranée, avait dit André.

Elle songea alors au choix du Draconis et à sa localisation.

Les fondateurs de la SDR pensaient avoir tout interprété, tout inventé, tout conçu, tout créé.

Il n'en était rien.

Tout était prévu, écrit, de longue date. Ce choix leur avait été dicté sans qu'ils en aient la moindre conscience.

o

Cécile avait désormais une vision claire et limpide de ce qui allait advenir.

Les deux ressuscités pouvaient se remettre à l'ouvrage.

Mais, avec cette puissance et l'immortalité qu'ils n'avaient pas eues dans le passé, rien dorénavant ne pourrait les arrêter.

Les hommes n'avaient pas voulu d'eux. Ils allaient en payer le prix.

Il fallait tout reconstruire, tout recommencer.

Recréer un Monde enfin à leur image.

Et, cette fois, leurs Pères, sous terre comme au ciel, seraient fiers d'eux.

o

La révélation qui assaillit Cécile, à cet instant précis, la fit s'effondrer, sans même la force de pleurer. Pour l'Humanité, la fin des temps venait de commencer.

ooo

Éditeur :
Books on Demand GmbH,
12/14 rond-point des Champs Élysées,
75008 Paris, France

Impression :
Books on Demand GmbH, Norderstedt, Allemagne

ISBN : 9782810627912

Dépôt légal : février 2016

www.bod.fr